adref

Casgliad o straeon

Rhagair gan

Manon Steffan Ros

www.cara.cymru

Diolchiadau

Hoffwn ddiolch i bob un o'r awduron am eu gwaith; i Manon Steffan Ros am ei chefnogaeth; i Lleucu Non a Tanwen Haf am wneud i'r gyfrol edrych mor hardd; i'r Cyngor Llyfrau ac i'r Lolfa; ac i Huw am fod yn olygydd penigamp!

Meinir ac Efa x

Argraffiad cyntaf: 2020

Lluniau: Lleucu Non
Cynllun y clawr a'r dylunio: Tanwen Haf

Rhif llyfr rhyngwladol: 978-1-5272-7545-4

Dymuna'r cyhoeddwyr gydnabod cymorth ariannol Cyngor Llyfrau Cymru

Argraffwyd gan Y Lolfa Cyf.
Cyhoeddwyd gan Cara
e-bost: cylchgrawncara@gmail.com
gwefan: www.cara.cymru

Cynnwys

1 Si-si-ti-fi — 9
MARGED ELEN WILIAM

2 New South Wales (Tachwedd 2019) — 14
SIONED ERIN HUGHES

3 Does unman fel adre — 17
LOWRI HAF COOKE

4 Tŷ llawn — 21
RHIAN TOMOS

5 Dagrau crocodeil — 25
GAENOR MAI JONES

6 Gadael y nyth — 29
MÁIRE MCGOLDRICK

7 'La rentrée' (Dychwelyd) — 32
HEATHER WILLIAMS

8 Cyrraedd gytre — 35
MYFANWY FENWICK

9 Lladd amser — 40
GAENOR WATKINS

10 Parti Pippa-Dee yn tŷ ni — 45
DELYTH WYN JONES

11 Adre, ata i — 49
EURGAIN HAF

12 Ymarfer ysgrifennu — 54
REBECCA ROBERTS

13 Mesto — 57
MARTHA GRUG IFAN

14 Diwrnod lwmp mewn gwddwg — 62
MARTHA GRUG IFAN

15 Does unman yn debyg 66
GWENFAIR GRIFFITH
16 Lambrini 72
SWYN MELANGELL
17 Gwynt mis Chwefror 75
SWYN MELANGELL
18 Cawod o ddillad 77
IONA EVANS
19 Gytre 81
MIRIAM ELIN JONES
20 Does unman yn debyg i adre 84
HEIDDWEN TOMOS
21 Adra 88
CASIA WILIAM
22 Cwlwm cartref 92
RHIANNON LLOYD WILLIAMS
23 Gartref 96
MARI GEORGE
24 Aros adra 100
MARED FFLUR JONES
25 Chwalu'r cynllun 103
DANA EDWARDS
26 Colli tir 107
GWEN LASARUS JAMES
27 Dysgu gwers 111
HELEDD ANN ROBERTS
28 Adre dros Dolig 115
FFLUR EVANS
29 Er mwyn yfory 120
MELERI FFLUR WILLIAMS
30 Y pethe bach 126
SIÂN TEIFI

Rhagair

Manon Steffan Ros

Mae 'na gymaint o leisiau sydd byth yn cael eu clywed, cymaint o gyfleon i rannu stori yn cael eu colli, a does dim rhaid i mi ddweud fod y cyfleon yma, yn hanesyddol, wedi bod yn arbennig o brin i ferched ifanc. Diolch byth am gylchgrawn *Cara* a'i debyg, a diolch byth am gael dathlu lleisiau benywaidd Cymraeg, fel sydd yn y gyfrol hon.

Dydw i ddim yn un sy'n hoff iawn o feirniadu cystadlaethau. Pwy ydw i i ddweud fod un darn o ryddiaith yn well nag un arall? Mae'r pwysau o orfod dewis un yn fuddugol bron yn ddigon i amharu ar fy mwynhad o'r darllen. Nid felly y gystadleuaeth yma. O'r dechrau, a finnau'n adnabod y tîm sydd y tu ôl i *Cara*, gwyddwn mai'r pwynt oedd y cynnyrch, nid y cystadlu. Heb wenieithu o gwbl, mi fedra i ddweud 'mod i wedi cael ffasiwn wefr o ddarllen y darnau yma. Maen nhw'n ffres, yn bwerus, yn llawn egni ac asbri a chryfder. Gyda'i gilydd, mae yma gasgliad o leisiau newydd sydd, dwi'n sicr, yn mynd i ddal ati i ddatgan. Roedd 'na gymaint o adegau wrth ddarllen pan wnes i syllu ar y geiriau ar sgrin y cyfrifiadur a meddwl, Ia! Dyna be 'di o!

Diolch o galon am y fraint o gael darllen. Bydd cael y gyfrol hon ar fy silff yn caniatáu i mi – a chithau, rŵan – sylweddoli fod y chwaeroliaeth yn fyw ac yn iach ac yn graff.

1

Si-si-ti-fi

MARGED ELEN WILIAM

> look down at your body
> whisper
> there is no home like you
>
> – thank you
>
> RUPI KAUR

Ebychodd. Griddfanodd. Gollyngodd ei gorff fel pysgodyn ar fy nghefn. Blewiach ei ên yn cosi fel carped ar fy ngwar. Roedd o'n drwm. Ond doedd gen i mo'r egni i symud.

'Asu, da ti,' meddai o, cyn llithro ohona i a sodro ei hun wrth fy ymyl, ei fraich yn hongian y tu ôl i'w ben, gan adael i ogla ei gesail hofran rhyngom ni. Roedd yr ogla yn waeth nag arfer. Yn sur fel hen lefrith. Dwi ddim yn siŵr be oedd – ai'r ogla'n crafu fy ffroenau, ei besychu budur, beunyddiol, neu aer stêl y stafell yn cronni o fy nghwmpas fel cwrlid – ond roedd popeth o 'nghwmpas yn troi arna i. Yn rwtîn cyfoglyd o gyfarwydd.

Weithiau dwi'n teimlo fy mod yn gwylio fy hun ar CCTV. Bod y fi-go-iawn yn ista mewn stafell dywyll, llawn sgriniau teledu. Pob bocs yn dangos darlledIad byw ohona i mewn gwahanol stafelloedd a sefyllfaoedd. Ac mae'r fi-go-iawn fel swyddog diogelwch. Mewn crys gwyn a throwsus polyester, yn sglaffio crisps a slyrpio swigod. Yn stydio'r sgrins yn syn. Yn fy ngweld i weithiau yn methu codi, methu molchi, methu bwyta, methu gwenu. Methu. Methu. Methu. Ac mae'r fi-go-iawn yn gweiddi, gan boeri briwsion i bob cyfeiriad. Fel tasa hi'n gwylio gêm rwystredig o bêl-droed.

'Ty'd 'laen!'

'Mi fedri di neud hyn!'

'Ti'n gwbod na ddim fel'ma ma gneud hi!'

'Ti'n well na hyn!'

Mae'r fi-go-iawn yn poeni amdana i. Mae hi'n annwyl. Yn ffyddlon. Ond mae hi'n bell i ffwrdd. Fel clywed lleisiau lawr grisiau, yn cystadlu hefo sŵn peiriant golchi, cadeiriau'n crafu, llestri'n malu. Mae hi'n fy ngweld i rŵan. Yn gorwedd wrth ei ymyl. Fy ngwylio i yn ei wylio fo yn pendwmpian. Yn rhochian bob hyn a hyn gan ddeffro ei hun. Cyn ildio eto i'w ddiogrwydd ôl-ddŵad.

Dirgrynodd ei ffôn ar y bwrdd bach wrth y gwely. Goleuodd. Darllenodd yntau. Roedd hyn i gyd mor annioddefol o debyg i'r holl droeon i mi fod yma o'r blaen. Dwi eisiau ffeindio remôt contrôl. Gwasgu *fast forward*. A chyrraedd encil fy stafell fy hun. Heb orfod wynebu'r golygfeydd anochel nesaf.

'Ma Dyl a Macs am ddod draw am un neu ddau cyn y gìg heno,' meddai, gan ddechrau bodio'r sgrin fudur. Dwi'n teimlo'r fi-go-iawn yn ochneidio ei 'ddudish-i-do'.

Fel arfer, dyma fy nghiw i godi, cael cawod ('Os fydd hi'n un sydyn') a mynd. Ond dwi'n sylwi nad ydw i'n symud. Mae'r fi-go-iawn yn swnian arna i i ddweud rhywbeth fel, 'Be am i chdi 'nghyflwyno i tro 'ma? I fi ga'l gweld be sy mor blydi sbesial am y Dyl a'r Macs 'ma sy'n gneud i chdi fynnu 'nghadw i'n gyfrinach fach fudur. Neu ydi cyfrinach fawr fudur yn fwy addas? Ydi'n siâp i'n staen ar dy enw da di? Ydw i'n rhy grwn? Rhy feddal? Rhy nobl? Rhy swmpus? Rhy... rhy... rhy...'

Ond mae hi'n tawelu yn araf bach. Yn pylu fel diwedd cân.

Mae o'n synhwyro fy llonyddwch. Yn codi ei ben o'r sgrin ac yn dweud, 'Mi fyddan nhw yma mewn llai nag awran, 'sti.'

Dwi'n codi i eistedd ar erchwyn y gwely. Plygu i nôl fy nghrys-T oddi ar y llawr. Estyn am fy nillad isaf sy'n cuddio o dan y gorchudd. Yn gorwedd mewn siâp gwên. Yn chwerthin arna i. Dwi'n gwisgo amdanaf, gan ddangos cyn lleied â phosib ohona i fy hun iddo fo. Ac ymlwybro am y gawod.

*

Dwi'n teimlo'r dŵr yn llithro'n llaith dros lwybrau anwastad fy nghnawd.

Mae gwres y gawod yn denu'r llinellau coch. Gadael iddyn nhw anadlu. Ar fy mreichiau, fy nghluniau, fy nghoesau. Llinellau dibatrwm, diystyr. Fel sgribls brysiog plentyn ar wal stafell fyw. A'r fi-go-iawn fel rhiant. Yn rhy hwyr i atal y fath lanast.

Fel arfer, gweithred gyflym fydd cael cawod. Dwi'n llenwi fy nwy law gyda sebon, a'i rwbio drosta i mor gyflym ag y medraf. Heb ori ar y llinellau, y bryniau o gnawd o gwmpas fy nghanol, na'r botwm bol sy'n cuddio mewn cywilydd o fod yn rhan o glustog feddal fy stumog.

Ond heddiw, mae rhywbeth yn wahanol. Mae'r fi-go-iawn yn gwibio drwy luniau o'r holl droeon mae o wedi gafael amdana i. A'r holl droeon mae o wedyn wedi hanner sylwi arna i.

Camaf o'r gawod. Estyn am y tywel tamp. Ac yn araf bach, cloi'r drws.

Mae o'n clywed y glic. Camau cyflym. Cnoc ar y drws.

'Ti'n iawn yn fan'na? Ti bron yn barod?' Awgrym o banig yn ei lais.

Dwi'n dweud dim. Dim ond sefyll yn stêm y stafell. Yn edrych ar fy adlewyrchiad niwlog yn y drych uwchben y sinc. Fy ngwallt yn socian.

'Hei! Ti'n iawn?!' Ysgytwad i'r handlen. A dwi'n disgwyl am frawddeg. Brawddeg fydd yn gwneud i'r fi-go-iawn lamu drwy'r sgrin. A chymryd ei lle yn hafan fy nghroen.

'Mi fyddan nhw yma mewn munud, 'sti! Dwi'm yn barod i egluro pob dim. Ti'n dallt, dwyt? Ti'n dallt fel arfar!'

A dyma hi. Mae ei phresenoldeb fel agor cyrtans ben bore. Fel camu i mewn i aelwyd gynnes o'r oerfel tu allan. Fel rhoi dresing-gown dew amdanaf. Cysur fel cwpaned o de. Cariad fel coflaid chwaer. Dwi'n edrych i fyw fy llygaid llwydwyrdd. Mae'r stêm yn dechrau clirio. A dwi'n gweld fy hun go iawn am y tro cyntaf ers hydoedd. Dwi'n gweld fi fy hun. Yn sgribls coch blêr, yn frychni rywsut-rywsut, yn gnawd llawn meddalwch, yn gudynnau gwlyb o wallt cinclyd. Mae hi adra.

Mae cloch y drws ffrynt yn canu.

'Shit, maen nhw yma!' poerodd mewn panig.

Yn ei ruthr i'w hel nhw i'r stafell fyw, dwi'n agor y drws a chamu allan yn fy nhywel. Yn sebon a stêm i gyd. Dwi'n teimlo chwech o lygaid yn chwyddo. Tawelwch llethol.

'Dwi'n mynd i newid,' datganaf, yn dychryn fy hun hefo'r fath hyder. Ac i ffwrdd â fi. Fi fy hun i gyd. Heb edrych yn ôl.

DWI'N DWEUD DIM.

2

New South Wales (Tachwedd 2019)

SIONED ERIN HUGHES

Mi ddown nhw'n ôl ataf weithiau a minnau heb fod yn chwilio amdanyn nhw. Dim isio dod o hyd i ddim, dim isio cofio fel oedd hi bryd hynny pan oedd pob dim yn brifo o berffeithrwydd. Ond tydi atgofion yn malio dim am *sob stories* felly. Maen nhw'n fain ar drugaredd yn aml.

Ac maen nhw'n dod i ganlyn rhyw arogl cyfarwydd; arogl sydd wedi'i ddowcio mewn cyfnod pell, pell yn ôl. Mi agorodd 'na rywun bacad o Sherbet Lemons yma gynnau ac mi o'n i'n hogyn bach bochgoch eto, a fy awch yn glafoerio'n un afon i lawr fy ngwddw wrth imi ymestyn fy nhair troedfedd am y jar fferins ar dop y cwpwrdd mawr adra. Bachu llond dyrniad a'i heglu hi allan cyn i Mam fy nal i'n hel fy mol mor agos at amsar swpar. Liquorice Allsorts, Mint Imperials, Rhubarb & Custards. Go lew yn unig. Siom yn gwingo y tu mewn imi o sylweddoli ei bod hi'n dlawd arnaf am Sherbet Lemons. Roedd eu powdr a'u siafins nhw'n drwch dros y fferins eraill, ond doedd hynny ddim 'run fath. Y diffyg oedd fy mhenyd am fod yn hogyn drwg a dwyn y fferins yn y lle cyntaf.

Ac mae'r arogl hwnnw wedi sticio wedyn. Uwchlaw bob dim, yr arogl ydi'r gora gen i.

Oedd y gora gen i.

Ac mi oedd i bob stafell ei harogl, a'r arogleuon hynny'n rhoi mwy o gymeriad i'r stafelloedd na wnaeth 'run dodrefnyn erioed. Mi o'n i'n dotio at hynny gan nad oedden nhw'n rhai o ryw *diffuser* neu'i gilydd – wnaethon ni mo'u prynu nhw'n unlle. Ffeindio'u ffyrdd i mewn i flerwch cartrefol ein byw wnaethon nhw, a phenderfynu glynu wrth bob dim. Gwrthod gadael. Mi o'n i'n edmygu eu gwytnwch nhw.

Fel ddeudis i, Sherbet Lemons oedd arogl y parlwr cefn, ond gwahanol wedyn oedd arogl y parlwr gora. Mi oedd hwnnw'n arogli fel glas, a'i arogl o mor gryf nes imi fedru ei flasu ar flaen fy nhafod. Alla i'm yn fy myw â'i esbonio fo mewn unrhyw ffordd arall; mi oedd o'n arogli fel diwrnod cyntaf hafau fy mhlentyndod, yn drybola o ryddid.

Ond yn goron ar bob arogl, roedd y gegin. Dyma lle'r oedd Mam yn tywallt ei chariad i gyd i mewn i bob pryd, pwdin a chacen a rhoi rhwydd hynt i'w arogleuon bryfocio'i gilydd o'i chwmpas wedyn. Arogl cig a llysieuach yn stiwio'n ara deg ar y pentan, pwdin bara'n trochi mewn llaeth enwyn yn y popty gwaelod, a chacen blât yn brownio yn y popty top. Dyna sut arogl oedd i gariad Mam, a doedd 'na ddim oll yn cymharu ag o.

*

Roedden ni'n medru ei synhwyro fo'n dod, fel y mae gwythïen yn synhwyro min blaen y nodwydd. Ac fel y wythïen, mi oedd yn rhaid inni symud yn sydyn. Mi aeth Mam am y potyn pres, Dad i hel chydig o'n dillad ynghyd, a finnau i arogli. Symud o un stafell i'r llall, a theimlo gwytnwch yr arogleuon yn gwisgo'n denau wrth i'r mwg ddod.

Pam aros i weld adra'n llosgi, wn i ddim. Mi oedd y tân fel tasa fo'n fyw, yn gloddesta ar gnawd y tŷ ac yn gadael dim mwy na charcas ar ei ôl. Poeri lludw hwnt ac yma wedyn, cyn rhedeg nerth ei begla am y cartref nesa. Ni'n tri yn syllu o bell, ac yn fud. Syllu ar ddiwedd y byd.

Pan fuodd Jona, fy mhysgodyn aur, farw, mi ddeudodd 'na hen lanc oedd yn byw lawr lôn wrtha i mai pris cael yw colli. Do'n i ddim yn dallt ystyr y geiriau bryd hynny, ond dwi'n cofio'r tinc digalon yn ei lais. Bymtheg mlynedd yn ddiweddarach, a dyma sylweddoli mai'r geiriau hynny ydi 'ngwirionedd i heddiw. A chan fod y colli'n brifo cymaint, dwi'n meddwl weithiau y basa hi wedi bod yn gleniach peidio â chael o gwbl.

A cholli bob dim hefyd. Nid jyst y cwpwrdd mawr, y gadair siglo a'r piano, ond yr arwyddion ein bod ni wedi byw yno. Y marciau pensil ar y wal wrth y drws cefn a oedd yn dynodi'r newid yn fy nhaldra am bob blwydd o'm hoedran. Yr hwrlibwrli o sgwigls y tu ôl i'r cwpwrdd mawr ar ôl imi gael gafael ar focs creons yn deirblwydd oed. Y staen pinc wrth droed y soffa wedi imi droi Ribena poeth a mêl pan ges i'r dolur gwddw ofnadwy hwnnw. Colli'r cwbl lot.

'Gymeri di Sherbet Lemon?'

Ond yr arogleuon yn aros, yn megino fflam yr atgofion i gyd. Yn felltith ac yn fendith, ac yn dannod i mi'n dyner fod drws tuag Aberhenfelen yn gyndyn o gloi.

'Gwnaf. Diolch.'

3

Does unman fel adre

LOWRI HAF COOKE

'Be gawn ni i swper heno?' holodd Mari, gan estyn am gadach. Wrth blygu i'r llawr i sychu diferion llaeth clywodd ochenaid, a rhwyg yn ei throwsus.

'Dim syniad,' poerodd Rhys ei mab, a'i geg yn llawn Coco Pops.

'Mae'n chwarter i wyth y bore,' meddai'i gŵr, Huw, yn ddiamynedd gan fyseddu Twitter ar ei ffôn.

'Sut ar wyneb y ddaear ydw i fod i wbod yr eiliad hon be fydda i'n dymuno'i fyta heno?' holodd, wrth 'hoffi' jôc am Jürgen Klopp.

Wrth glirio ar ei chwrcwd, gwelodd Mari siâp Iesu Grist yn y pwll o laeth dan gadair Rhys. Am eiliad dychmygodd ei gŵr yn cael ei groeshoelio gan y Rhufeiniaid, dan gyhuddiad o fod yn goc oen haerllug.

'Hei, Mam, ma gen ti dwll yn dy drowsus!' chwarddodd Robin, brawd bach Rhys, wrth ei gwylio'n straffaglu i godi ar ei thraed.

'*Meatloaf* amdani, felly,' meddai Mari'n benderfynol, gan luchio'r hen glwt tamp i'r sinc.

Derbyniad llugoer, a dweud y lleiaf, a gyfarchodd ei hawgrym hithau, wrth i'r gegin lenwi'n sydyn â bŵio mawr.

'No wei dwi'n byta *meatloaf*!' gwaeddodd Rhys nerth ei ben. 'Gawn ni bitsa *pepperoni* yn lle?'

'Dwisio sosij, bîns a tsips,' mynnodd Robin wrth ei fam, gan daenu trwch o fenyn a jam ar ei dost.

'Oedden ni'n arfar ca'l sbageti bolonês bob nos Fawrth pan oedden ni'n blant,' cyfrannodd Huw â thinc o hiraeth yn ei lais.

'Oeddech, siŵr,' meddai Mari dan ei gwynt. 'Doedd dy fam ddim yn gweithio yn yr ysgol trwy'r dydd cyn wynebu tomen o smwddio a marcio fin nos.'

'Sbageti bolonês 'ta,' meddai Mari drachefn, gan estyn am friwgig eidion o'r rhewgell. Trodd y tegell ymlaen cyn estyn am edau a nodwydd o'r bocs botymau yn y cwpwrdd cornel. Wrth i'r dŵr ddechrau ffrwtian tynnodd ei throwsus, gan esgor ar ragor o fŵio o'r bwrdd.

'Yyyy, nicyrs bagi melyn Mam!' bloeddiodd Rhys dros y lle, gan annog ei frawd i gydganu'r geiriau gorffwyll.

'Caewch hi, chi'ch dau,' rhybuddiodd Huw dros ei goffi, cyn cyffroi wrth ailwylio gôl Romero o'r noson cynt.

Wedi llwyddo i anelu'r edau trwy'r nodwydd, clywodd Mari glicied y tegell wrth i'r dŵr ferwi. Wrth osod bag te yn ei mŷg 'Mam Orau'r Byd', cafodd ei tharo gan ei hoff ffantasi. Ymgollai ynddi'n gyson, er y byddai'r manylion yn amrywio. Wrth arllwys dŵr poeth i'r gwpan, sawrodd arogl y dail Assam, a gadael i'r delweddau cyfarwydd hedfan i fyny ei ffroenau. Caeodd ei llygaid a breuddwydio am yr hyn yr oedd hi'n dyheu amdano fwyaf ers tro byd. Ymlaciodd ei hysgwyddau wrth anadlu'n ddwfn, gan adael i'r straen ddiflannu'n llwyr o'i chorff. Gwelodd feddyg golygus mewn sbectols drud yn sefyll o'i blaen yn awdurdodol.

Gorchuddiwyd ei ysgwyddau cadarn gan grys lliain ysgafn, y llewys wedi'u rowlio at ei benelinau. O dan flewiach ysgafn ei freichiau yr oedd ôl lliw haul ei wyliau, a phefriai ei lygaid gleision trwy'r sbectols tenau. Islaw, gorweddai Mari mewn gŵn nos sidanaidd, a'i choesau llyfn yn ymestyn ar hyd y gwely. Edrychodd y meddyg i fyw ei llygaid, ag un peth yn unig ar ei feddwl.

'Mae arna i ofn fod gen i newyddion annisgwyl,' meddai'r meddyg wrthi'n dyner.

'Doctor,' erfyniodd Mari, 'mae gen i ŵr a dau o blant – plis, peidiwch â chelu'r gwir.'

Cyfeiriodd y meddyg at ei nodiadau cyn eistedd wrth erchwyn ei gwely. Tynnodd ei sbectols o'i drwyn ac anadlu'n ddwfn cyn rhannu'r newyddion â hi.

'Mae'r prawf pelydr-X yn dangos i chi daro'ch pen yn go hegar pan lithroch chi ar lawr y gegin. *Concussion* ydy'r term swyddogol, ond roedd o'n drawiad anarferol.'

Ochneidiodd Mari mewn braw a gafaelodd y meddyg yn ei llaw, ei lygaid caredig yn llawn cydymdeimlad.

'Does dim sgileffeithiau andwyol hyd y gwelwn ni o'r profion, ac nid yw'ch cof na'ch archwaeth am fwyd wedi eu heffeithio gan y ddamwain o gwbl. Ond mae'n hollol angenrheidiol eich bod chi'n aros yn yr ysbyty. Dwi'n mynnu eich bod chi'n cael *bed-rest* am bythefnos.'

'Ond doctor,' rhesymodd Mari, 'beth am y gŵr a'r hogia, y golchi, y smwddio a'r coginio? Ac ar ben bob dim dwi'n athrawes ysgol gynradd. Beth am blantos Blwyddyn 4?'

Ysgydwodd y meddyg ei ben, a rhannu gorchymyn llym:

'Does ganddoch chi ddim dewis, rhaid i chi aros yn y gwely. Caiff y gŵr a'r plant ac eraill ymweld, a gewch chi ddarllen, bwyta a gwylio'r teledu. Ond dydach chi ddim ar unrhyw gyfri i godi ar eich traed, nac i feddwl am eiliad am ddyletswyddau bob dydd. Mae gen i ofn y gallai hynny arwain at gymhlethdodau enbyd.'

Gyda hynny, gwasgodd y meddyg law Mari'n dynn a rhannu'i ddymuniad taeraf â hi...

'Mam, ma'r bws yn gadael mewn pum munud!' sgrechiodd Rhys yn sydyn yn ei chlust.

'Dowch, hogia, well i ni'i throi hi,' meddai Huw gan roi sws i foch Mari ar frys, cyn gadael pentwr o lestri brecwast ger y sinc. 'Ma gin i gyfarfod ddiwedd pnawn, fydda i adre tua saith, ond gad y sbag bol yn y popty, rhag ofn y bydd 'na ddiodydd ar ôl gwaith.'

Safodd Mari yn stond yn ei blows a'i nicyrs melyn yng nghanol corwynt o brysurdeb ben bore.

Edrychodd i lawr ar baned lugoer, ddilefrith, pâr o drowsus ac edau a nodwydd.

'Hwyl, Mam!' gwaeddodd Robin wrth gau'r drws yn glep, gan achosi i'r llestri budron ddirgrynu.

Caeodd Mari ei llygaid ac anadlu'n ddwfn. Wrth i'r cloc daro wyth, ailadroddodd ei mantra boreol:

'Does unman fel adre, does unman fel adre...' – cyn taro'r tegell ymlaen unwaith eto.

4

Tŷ Llawn

Rhian Tomos

Gwawriodd y diwrnod mawr, a'r haul blinedig diwedd haf yn gwenu'n siriol ar y mwyar duon aeddfed ar y perthi. Roedd Mared wedi cael noson dda o drwmgwsg a dim yn tarfu arni.

Da oedd cael pen-blwydd ym mis Medi a chael mwyara a chreu hufen iâ cartref efo'r cynnyrch i ddathlu. I fyny ar y Foel y bydden nhw'n hel mwyar yn blant, a phob un, â'u bysedd a'u hwynebau'n biws, yn cystadlu am y bowlen lawnaf, er claddu mwy nag ambell fwyaren wrth y dasg. Roedd hi'n dal i fwynhau mwyara, yn enwedig os byddai'n canfod llecyn heb ei gyffwrdd ymhell o fwg traffig a chŵn, a'r mwyar yn lân ac yn aeddfed. Roedd y rhai gorau, llawn sudd, o hyd ymhell ym mherfeddion pigog a phoenus y drain, ac yn gofyn am gryn ymdrech, a ffon gan amlaf, i'w cael yn rhydd. Ond roedd yr ymdrech yn dwyn ffrwyth yn y diwedd.

Yn blentyn, peth da oedd pen-blwydd ym mis Medi a chael parti i ddathlu y tu allan yn yr ardd gefn efo llond dwrn o ffrindiau ysgol, cyn i'r hydref afael go iawn. Doedd hi ddim cystal cael pen-blwydd ym mis Medi wrth dyfu'n hŷn, a bod yr ifancaf yn y flwyddyn ysgol a choleg, gan mai hi fyddai'r olaf bob tro i ddathlu cerrig milltir arwyddocaol. Hi oedd yr olaf i gyrraedd 17 oed a chael dechrau dysgu gyrru, a cael a chael oedd hi iddi gael ei deunaw oed cyn Wythnos y Glas!

Ta waeth, hi oedd y gyntaf i ddeffro y bore hwn ac er mai dim ond hanner awr wedi chwech oedd hi, roedd 'na rywbeth braf mewn gwisgo'i gŵn nos clyd a chynnes, a cherdded yn droednoeth i lawr y grisiau i gegin daclus y bore. Câi fwynhau paned ar ei phen ei hun a'r diwrnod newydd heb ei gyffwrdd go iawn. Roedd hi'n edrych ymlaen at ddiwrnod llawn o ddathlu ei phen-blwydd heddiw, yn enwedig a hithau'n ddydd Sadwrn.

Roedd swp o gardiau o liwiau hufen iâ Neapolitanaidd gan bobol drefnus wedi glanio'n ddel ar y mat y diwrnod cynt. Ond roedd hi wedi ymatal rhag eu hagor tan y diwrnod ei hun, yn wahanol i'w Nain Llan a oedd, a hithau mewn gwth o oedran erbyn hynny, yn agor pob presant Dolig a phen-blwydd wrth eu derbyn ac yna'n ail-roi tâp selo ar y presantau fel nad oedd unrhyw un yn amau. Wrth gwrs, roedden nhw i gyd yn gwybod am ei gêm, ac yn chwerthin ar ddydd y dathliad wrth iddi smalio cael syrpréis wrth agor pob presant. A'i hesgus dros wneud hyn?

'Mi allwn i farw cyn y diwrnod mawr a fyddwn i byth yn gwybod beth roedd pawb wedi ei roi imi!'

Cofiai fod Nain Llan hefyd yn rhoi'r un cerdyn pen-blwydd iddi drwy gydol ei phlentyndod, un â llun merch fach mewn ffrog werdd ar siglen binc, a byddai'n ysgrifennu ynddo mewn pensel, gan newid y cyfarchiad bob blwyddyn, ac yn gofyn am y cerdyn yn ôl drannoeth y dathlu. Roedd Nain Llan yn giamstar ar ailgylchu cyn i'r fath air gael ei fathu.

Wrth iddi sipian ei choffi poeth, roedd arogl cryf y lilis pinc a gwyn tal ar ganol bwrdd y gegin yn llenwi ei ffroenau. Fyth ers dydd ei phriodas byddai'r arogl yn mynd â hi'n ôl i dŷ ei rhieni, a'i thusw'n sefyll mewn bwced coch diaddurn yn y gegin tra oedd hi a'i ffrindiau yn paratoi ac yn ymbincio, gan ddisgwyl am y daith gyda'i thad i'r capel. Rhoi'r tusw yn anrheg ar fedd Nain a Taid Llan wnaeth hi'r diwrnod wedyn er mwyn iddynt hwythau gael bod yn rhan o'r dathliadau.

Deffrodd ei ffôn symudol. 'Pen-blwydd hapus iawn, yr hen goes! x.' Menna, y foregodwraig, a'r orau am gofio. Rhyfedd meddwl mai dim ond ers chwe mis roedd hi'n ei hadnabod ond eto roedd cyfeillgarwch cryf wedi magu dros y cyfnod hwnnw, a'r tir cyffredin yn creu cwlwm tyn.

Canodd y ffôn symudol unwaith eto. Nansi a'i chyfarchiad, 'PBH. Wela i di nes mlaen a chofia bo' fi ddim yn licio mysharŵms na choliffl ŵar! Be tisio yn bresant, cyw?'

Roedd hi'n methu meddwl pa fath o anrheg fyddai hi'n hoffi ei gael. Doedd dim angen unrhyw beth arni mewn gwirionedd. Roedd cael bod adref yn braf y dyddiau hyn.

Angharad oedd y gyntaf i alw. Roedd yn dda ei gweld heddiw i dorri'r garw. Does dim byd gwaeth nag aros i bobol gyrraedd parti.

Gwyddai pawb mai Marian fyddai'r olaf i gyrraedd, a hi fyddai'n dod i mewn drwy'r drws gan roi adroddiad dramatig o ddigwyddiad anffodus y bore hwnnw, neu'r daith lawn helbul i'r parti. Doedd bywyd Marian byth yn un diddigwydd. Gallai'r criw adrodd cyfres o straeon am anturiaethau Marian, ac ar adegau roedd jyst yngan y gair 'teits' yn gwneud iddyn nhw i gyd chwerthin lond bol am ddigwyddiad ugain mlynedd ynghynt pan oedden nhw'n gwneud cwrs ymarfer dysgu ac yn ymdrechu i fod yn aeddfed trwy wisgo sgert a theits yn hytrach na'r jîns beunyddiol.

Doedd hi bellach ddim yn teimlo'n euog am oeri'r cysylltiad efo ambell ffrind. Byddai hynny wedi'i phoeni a'i phlagio pan oedd hi'n iau. Blinodd ar wahodd rhai pobol i ddathliadau oherwydd rhyw ddyletswydd, a hwythau'n edrych yn surbwch drwy'r nos ac yn amlach na heb yn dod yno er mwyn busnesu a hel straeon, neu'n cyrraedd yn hwyr ac yn gadael yn gynnar yn waglaw o wên.

Ganol pnawn roedd y tŷ'n llawn teulu a ffrindiau yn gorlifo drwy'r drysau Ffrengig oedd yn arwain o'r gegin i'r ardd gefn. Wedi cyfnod o swildod cyn mynd at y bwrdd, diflannodd y plateidiau o fwyd bys a bawd fesul un.

Wrth glirio'r bwyd ar fwrdd derw'r gegin, a gwres yr haul yn llifo o'r ardd a phawb yn anelu am gynhesrwydd, clywodd sŵn crio yn y stafell fyw. Aeth Mared drwodd a gweld ei mam yn ceisio cysuro'r ferch fach yn ei breichiau, ond doedd dim pall ar ei chrio. Gafaelodd Mared yn dyner yn y ferch fach, gan gusanu ei thalcen yn ysgafn, a pheidiodd ei dagrau. Roedd cael anwes glyd a chlywed llais ei mam wedi lleddfu gwewyr yr un fach.

Dyma oedd yr anrheg orau allai Mared ei gael, chwe mis cyn ei phen-blwydd yn ddeugain oed. Wedi aros am yr anrheg hon, doedd dim yn cymharu â'r wefr o gysuro ei phlentyn ei hun.

5

Dagrau crocodeil

GAENOR MAI JONES

Snip, snip, snip.

Un toriad arall ac mi fydd y cyfan yn cwympo i lawr eto ac yn achosi ffws a ffwdan.

Rwy'n siŵr eich bod i gyd yn dychmygu golygfa wahanol ond mi fyddwn i'n fodlon rhoi fy ngheiniog olaf ar y ffaith na fyddai'r un ohonoch chi'n iawn. Dyma'r olygfa y dylech chi fod wedi'i dychmygu: rhes o welyau bob ochr i'r stafell, nid stafell mewn gwirionedd, ond ward. Ie, ward ysbyty ar hen batrwm wardiau Florence Nightingale. Rwy'n gorwedd mewn tyniant ar ôl torri fy nghoes, a chyn cael llawdriniaeth mae angen i'r pwysau sythu'r toriad.

Wel, dwi wedi cael hen ddigon ar orwedd fan hyn yn gwneud dim byd ond gwylio bywyd y ward. Mae popeth yn digwydd mor rheolaidd – y deffro, y golchi, y bwyd diflas, a'r Sister yn gwthio'r troli meddyginiaethau ac yn gofyn am lefel y boen. Sut ddiawl ydw i i fod i ateb hynna'n gall, a finnau'n gorwedd fan hyn fel petawn i mewn caets, a rhaffau o'm cwmpas a phwysau trwm yn hongian dros erchwyn y gwely? Alla i ddim hyd yn oed sgwrsio â'r hen wraig yn y gwely nesaf gan fod honno'n amlwg yn dioddef o glefyd Alzheimer's, a'r unig seiniau ganddi yw ailadrodd y rhif naw deg naw drosodd a throsodd. Tybed yw hi'n deisyfu cael hufen iâ arbennig neu'n poeni am wario cymaint â hynny o geiniogau? Yn ysbeidiol dwi'n dweud 'Cant!' yn ddigon uchel iddi glywed, ond does dim yn lleddfu ar yr hen diwn gron.

Beth bynnag, cefais y syniad o greu trafferth i bawb, a thorri'r rhaff. Roedd gen i siswrn bach yn fy mag golchi a thrwy ddyfalbarhad mi dorrwyd y rhaff. Datododd y system i gyd a chwympodd y pwysau i'r llawr gyda digon o sŵn i ddeffro'r meirw. Dyna ymadrodd dwl! Pwy fyddai eisiau deffro'r meirw, a pham? I'w gwahodd i de parti? Ta beth, mi fyddai digon o ymwelwyr â'r ward gan i mi fod yn dyst i sawl ymadawiad o'r fuchedd hon. Mae'r cleifion y gellid darogan eu hamser ymadael yn cael eu symud yn raddol yn agosach at y swyddfa ym mhen arall y ward ac yna i stafell sengl os oes modd. Yna fe glywn y troli arbennig a ddaw o'r marwdy. Rhaid cyfaddef bod y staff yn ceisio bod yn sensitif ac yn tynnu cyrten i guddio'r digwyddiad, ond does dim amheuaeth beth sy'n digwydd. Maen nhw'n ceisio trin y cyfan ag urddas, ond beth sy'n urddasol mewn troli metel sy'n edrych yn debyg i dun sardîns hyll ac oer?

Ta beth, mae'r rhaff a'r pwysau wedi'u hailosod a minnau'n esgus cysgu drwy'r cyfan. Does neb wedi darganfod nad damwain oedd wedi bod, er iddyn nhw sisial ei fod yn ddigwyddiad anghyffredin ar y naw. Bu'r ddwy nyrs yn effeithiol yn ailosod y cyfan gan sibrwd yn dawel am helyntion eu bywydau – y ddwy'n siarad Cymraeg glân, gloyw, ac yn gwisgo'r bathodynnau bach oren i gadarnhau hynny.

Y'ch chi eisiau gwybod mwy o fy hanes i nawr? Wel, cefais gwymp yn yr ysbyty meddwl. Ie, yno fel claf yr oeddwn i, ac mi fydda i'n dychwelyd yno hefyd. Dyna fydd fy nghartref i am amser hir, dwi'n siŵr. Does dim angen i chi deimlo trueni drosof i achos dwi ddim yn wallgof, er bod gen i ddedfryd i ddweud fy mod i. Na, clyfar ydw i, achos mae bywyd mewn ysbyty meddwl lawer yn haws a mwy moethus na charchar i lofruddion.

Ie, dyna ydw i, llofrudd gwaed oer. Cefais fy anfon i'r ysbyty gan i mi lofruddio fy ngŵr pan nad oeddwn i'n fy iawn bwyll. Ond dyna'r jôc. Dwi mor gall â chi! Nid perthynas gariadus oedd gennym ac mi fûm i'n dioddef camdriniaeth am flynyddoedd, ond naill ai'n rhy dwp neu'n rhy lwfr i gerdded allan a gofyn am gymorth. Ond un diwrnod daeth y cyfan i fwcwl ac mi drefnais y weithred. Roeddwn i'n gweithio mewn ysbyty lleol ac wedi gallu cael gafael ar inswlin. Nid ei ddwyn wnes i, dim ond ei fenthyg! Y bore hwnnw rhoddais gusan olaf ar ei foch a chwistrelliad o inswlin cyn iddo ddeffro hyd yn oed.

Treuliais y diwrnod gwaith yn ddigon hapus fy myd, gan fod rhyw ryddhad wedi dod drosof i, ac roeddwn i'n hyderus na fyddwn i'n cael fy nal. Wnes i ddim ond darganfod y corff wrth fynd i noswylio. Roedd e'n gorwedd ar ei hyd ar y gwely lle gadewais i ef, ond roedd *rigor mortis* yn amlwg. Ffoniais am ambiwlans trwy fy nagrau crocodeil. Mi wnaeth yr heddlu fy holi'n dwll heb ddeall sut nad oeddwn i wedi ei ddarganfod ynghynt. Yn anffodus i mi, roedd y patholegydd yn ifanc ac yn frwdfrydig a ddim yn fodlon nodi marwolaeth drwy achosion naturiol ar y dystysgrif ac wedi chwilio a chwilio am reswm arall. Yn y diwedd mi wnaeth e ddarganfod ôl y nodwydd rhwng bysedd ei draed ac roedd y cyfan ar ben wedyn.

Cyhuddwyd fi o lofruddiaeth. Wel, doeddwn i ddim yn bwriadu treulio gweddill fy oes mewn carchar gyda llofruddion anfoesol, felly dyma Gynllun B yn cyniwair. Yn sydyn dechreuais sgrechian ac ymddwyn yn rhyfedd. Gwrthod derbyn y gwirionedd ac ymddangos fel petawn i ar blaned arall, heb unrhyw amgyffred o'r hyn ddigwyddodd, ac yn bendant ddim yn gyfrifol am unrhyw beth wnes i. Mi lyncodd pawb y cyfan, a'r rheithgor yn gweld mai'r unig ddyfarniad y gallen nhw gytuno arno oedd nad oeddwn i yn fy iawn bwyll, a'r barnwr yn fy anfon i'r ysbyty meddwl am amser amhenodol. Dyna beth oedd rhyddhad a dwi nawr yn byw bywyd moethus, cyfforddus yn fy nghartref arbennig.

Dyna fe, mae'r snip nesaf yn mynd i dorri'r rhaff eto. Dyma sbri! Wnes i ddim sylwi ar y nyrs ifanc yn sefyll wrth fy ymyl, ond dyw hi ddim yn mynd i fentro tynnu'r siswrn o'm gafael – rhag ofn!

6

Gadael y nyth

MÁIRE MCGOLDRICK

Sawl mis sydd ers iddo fynd i'r brifysgol, i Aberystwyth lle bues i? Nid i Bantycelyn, na, mae'r neuadd honno wedi cau a bydd ei brofiad yn wahanol. Rwy'n deall bod y coleg wedi'i Seisnigo'n uffernol erbyn hyn. Rwy'n edrych ymlaen at ei weld, mae'r tymor cyntaf heb weld dy fab yn ormod. Rwy'n gweld ei eisiau'n dod i mewn ac yn ei daflu ei hun ar y soffa gan ofyn am fwyd – roedd yn arfer bwyta cymaint. Tybed a yw'n coginio yn y coleg neu'n byw ar sglods a chludfwydydd? Rwy'n gweld eisiau gwynt ei ddillad brwnt – y cit rygbi, y dillad ysgol – roeddent i gyd yn gwynto fel fe, roedd ei wynt yn llenwi'r tŷ. Tybed ai dyna a gaf i nawr? Tybed a fydd y gwynt yr un peth? Tybed, a thymor wedi mynd heibio, a fyddaf yn adnabod ei wynt?

Ar y cychwyn, roedd y syniad o fagu plentyn am ddeunaw mlynedd yn swnio'n gyfnod hir, wrth gofio'n ôl deunaw mlynedd, sef hanner fy oes. Tri deg chwech oed oeddwn i, neu un ar bymtheg ar hugain fel y dywedai Mrs Rhys, fy hen athrawes Gymraeg, wrthym a ninnau'n dangos dim diddordeb mewn siarad Cymraeg da. Newidiodd hynny pan ddaeth e, ac yn sydyn roedd trosglwyddo'r iaith yn bwysig ac roedd angen ei wneud yn iawn – y geiriau cywir, brawddegau cymhleth, a bu'n rhaid imi weithio arni, dod o hyd i'm hen lyfrau ysgol a darllen nofelau. Ie, un ar bymtheg ar hugain oeddwn i pan ddaeth atom – bron imi roi'r ffidil yn y to cyn imi feichiogi am y tro olaf. Roeddwn i wedi ceisio cymaint ac wedi colli dau'n ifanc – camesgoriad, meddai'r nyrsys, ond i mi, marwolaeth fy mhlant oedd y term cywir. Daeth ataf ac aros yn fy nghroth a thyfu yno, yn ymgorfforiad o'm cariad at fy ngŵr ac o'i gariad yntau ataf i – ein cariad wedi troi'n gig a gwaed – a buom yn onest wrtho, mai dyna beth ydoedd, ymgorfforiad o gariad Mami a Dadi.

A phan ddaeth e, y peth bychan bach hwn, ei groen mor feddal, yn hollol ddibynnol arnon ni, roedd ei ddychmygu'n ddeunaw oed yn amhosibl. Ond dyma ni, mae'r crwt bach yn ddeunaw oed nawr, er rwy'n dal i edrych arno fel fy mhlentyn bach i. Clywn fy mam yn dweud bod plant yn tyfu i fyny'n rhy gyflym ac ni chredwn y fath rwtsh ond nawr, a finnau'n fam, gallaf dystio i'r ffaith – rwyf eisiau fy mab bach yn ôl, rwyf ei angen yn ôl yn ddiogel yn y tŷ, yn cysgu yn ei wely ei hun a finnau'n gofalu amdano.

Wrth gwrs, nid dyna beth ddigwyddith; mae pobol yn dweud bod plant yn newid pan ân nhw i'r brifysgol. Mae rhai'n troi'n oeraidd a rhai'n aeddfedu'n gyflym – yn rhy gyflym efallai – yn troi'n oedolion a chithau ddim yno i'w weld yn digwydd, ac eraill yn cael amser caled. Mae rhai'n mwynhau'r rhyddid i ddarganfod pwy'n union ydyn nhw ac yn dechrau arbrofi gyda dillad gwahanol, yn tyfu barf neu'n lliwio eu gwallt – y gwrthryfela bondigrybwyll hwnnw rydyn ni i gyd wedi clywed amdano. Ond nid un i wrthryfela oedd fy mab; nid oedd ganddo unrhyw beth i ryfela yn ei erbyn, roedden ni'n ei gefnogi ym mhopeth.

Ac yna daeth y llythyr, a'r sioc fawr, nid cymaint beth oedd yn y llythyr, ond y ffaith nad oedd yn teimlo y gallai siarad â fi a bod rhaid iddo roi ei deimladau ar bapur. Roedd hynny'n brifo'n waeth na dim byd arall, y syniad nad oedd fy mab oedd mor agos ataf i yn gallu siarad â fi ac y bu'n rhaid iddo aros nes ei fod oddi cartref cyn y gallai godi rhywbeth mor bwysig. Daeth y llythyr â dagrau i'm llygaid; roedd y gŵr yn poeni am gynnwys y llythyr ond fi, roeddwn i'n poeni am ein perthynas, y berthynas oedd mor agos. Ond oeddwn i'n anghywir? A oedd fy mab yn teimlo nad oedden ni'n agos wedi'r cwbl? Roedd y geiriau yn y llythyr yn wenieithus, yn fy nghanmol am fod yn fam dda, yn dweud ei fod yn gwybod y byddwn yn gefnogol iddo ac nad oedd yn ofni esbonio imi, ond nid yw geiriau ysgrifenedig yr un peth â chlywed llais dy fab yn esbonio hyn.

Wel, dyma ni, byddaf yn gwybod heddiw, bydd yma'n fuan, ei dad yn dod ag ef o'r orsaf. Gwn am beth y byddan nhw'n siarad, rygbi a phêl-droed, pynciau saff, nid cynnwys y llythyr – rhywbeth i mi ei drafod yw hynny. Un fel'na fuodd ei dad erioed, yn dangos emosiwn ond o fewn rheswm, yn canmol ei chwarae ar y cae rygbi ond byth yn trafod pethau dwys.

Dwi ddim hyd yn oed yn gwybod beth i'w ddweud wrtho. Rwyf wedi ymarfer y sgwrs yn fy mhen sawl gwaith – byddai wedi bod yn well petaen ni wedi siarad ar y ffôn ond doedd e ddim eisiau siarad nes ei fod gartref, wyneb yn wyneb. Pam felly roedd rhaid iddo anfon llythyr yn lle siarad â mi?

Dyma'r car, gallaf weld fy mab trwy'r ffenest – yn dal, yn osgeiddig, yn wahanol. Na, nid dyna fy mab – mae'r gwallt yn rhy hir, y dillad yn wahanol. Mae'n sioc, ond yn un y byddaf yn dygymod â hi. Nid fy mab bellach, ond fy merch, Siân, wedi dewis fy enw canol i; roedd hynny'n neis. Mae'n fy atgoffa o'm chwaer pan oedd hi'n ifanc. Byddaf yn ei chofleidio, yn ei chusanu ac yn ei charu, ac er fy mod yn awyddus i ddod i nabod fy merch newydd a chael byd o brofiadau gwahanol, pan nad yw hi yno byddaf yn cofio fy mab ac yn hiraethu amdano.

7

'La rentrée' (Dychwelyd)

HEATHER WILLIAMS

'Beth y—!' gwichiodd Elenor fy merch gan faglu dros olwynion ei chês gwyrdd neon mynd-i-Langrannog. Ac roeddwn innau wedi neidio i'r gwter i'w chanlyn cyn cofio.

'Dim ond madfall. Maen nhw'n byw mewn gwledydd poeth, yn cuddio yn y waliau cerrig ac yn mentro allan i amsugno gwres yr haul am fod eu gwaed nhw'n oer, a bod ganddyn nhw ddim gwres canolog. Mae llawer ohonyn nhw yn Cressy lle byddwn ni'n mynd i briodas Lorraine, ac ystlumod a gwenyn meirch, ac wyt ti erioed wedi clywed criciedau?'

'Na, neith hi ddim drwg i ti!' ychwanegais wrth weld ei hofn. 'Maen nhw'n swil, edrych, mae hi wedi rhedeg i ffwrdd.'

Dychwelyd roedden ni wrth deithio i berfeddwlad Ffrainc. Dychwelyd wedi bwlch o dros chwarter canrif er mwyn dathlu priodas un a fu yn fy ngofal yn faban ac yn blentyn bach. Ac wrth imi smwddio plygiadau'r hen fap Michelin yn daclus, a rhoi trefn ar ein taith, sylweddolais mai troedio tir newydd yn betrus roedd Elenor – tra mai baglu ar y lled gyfarwydd oedd fy hanes i. Rywle rhwng dychwelyd ac ymadael roeddwn i pan neidiodd y fadfall gyfarwydd ecsotig o dan olwyn ei chês. A dyna ble'r ydw i nawr, gartref wedi gwres y gwyliau, yn ceisio cydio yn yr hen rythmau, a'u clymu i heddiw.

Roedd pob dim yn newydd y diwrnod hwnnw yn ninas Nevers. Cerrig yr Oesoedd Canol yn gannaid, ac olion bysedd brwnt y Chwyldro Diwydiannol wedi'u sgwrio nes bod y maen yn pefrio i'r asur. Un ddelwedd yn unig o Nevers a safai yn fy nghof ers y tro cynt, sef cynhesrwydd melaidd y garreg oesol yn ffrâm yr awyr las, las wrth inni droi o'r gadeirlan ar drywydd siop lyfrau newydd Y Gypreswydden, lle roedd y perchennog mentrus wedi gosod peiriant coffi ar gyfer cwsmeriaid darllengar. A dim ond un atgof oedd gen i am yr hyn wnes i yn Nevers, sef buddsoddi mewn dillad gwledydd poeth; y math na fyddai mo'u hangen yng Nghymru fwy nag un neu ddau ddiwrnod y flwyddyn. Wrth gyrraedd Nevers y tro hwn, y gwres a'm trawodd wrth gamu oddi ar y trên wnaeth gymell yr atgof newydd cyntaf. Cofiais yn syth y ffordd yr arferwn, wrth ymadael bob diwedd Awst, gamu allan o'r tywyllwch ar y platfform i amsugno'r munudau olaf o dân ar fy nghroen, tra arhosai'r Ffrancwyr call yn y cysgod neu'r caffi. Gwasgu pob defnyn o haul, yn union fel y madfallod a drigai yn y muriau, dyna oedd fy nod.

Roedd gwres 2019 wedi fy nghludo yn ôl chwarter canrif. Ceisiais esbonio wrth y plant hŷn beth fu hanes Nevers yn ystod y bwlch hwn. Patrwm o fethiant yn ôl safonau Ffrengig, ac yn ôl yr erthyglau yn y wasg a ddarllenais cyn mynd. Rhy ganolog oedd y lle, rhy bell o afael dwy fraich gref y rhwydwaith trenau trydan chwim sy'n ymestyn o Baris i waelodion Ffrainc. Fel Pierre Bérégovoy druan, y maer lleol a esgynnodd yn brif weinidog Ffrainc cyn dychwelyd i Nevers i'w ladd ei hun, roedd y dref yn gelain ar lannau'r Loire, wedi dioddef diboblogi ac yn orddibynnol ar y sector gyhoeddus am swyddi, fel sawl tref yng Nghymru. Ond dyma hefyd yr esboniad am y newydd-deb, y cerrig claerwyn, y pwll nofio dyfodolaidd, y bysys rhad ac am ddim: ymateb gwladwriaeth Ffrainc i'r creisis fu buddsoddi, adnewyddu, glanhau, ac adeiladu. Adeiladwyd coeden solar gyntaf Ewrop ger yr Arc de Triomphe disglair o lân, lle gallwch ailwefru'ch ffôn symudol a llenwi'ch potel ddŵr am ddim! Ceisiais danio brwdfrydedd arddegwyr y teulu, ac esbonio mai posteri'r Blaid Gomiwnyddol oedd yr unig rai i'w gweld dros bob man.

Yna cyrraedd Cressy ar gyfer y briodas ac uchafbwynt hyfryd y gwyliau. Cyfle i'r plant redeg yn rhydd, ymarfer iaith newydd, blasu bwydydd, dysgu dawnsio. Minnau'n edrych yn gam ar bobl i geisio eu hadnabod trwy eu tebygrwydd posib i'w rhieni, ac yna'n hel atgofion am fywyd yno yn haul y gorffennol: y nythod cacwn, cylchu arswydus yr ystlumod liw nos, cael ein deffro gan gnocell y coed, casglu malwod druain i fynd i'w tranc, a'r bwyd, a'r gwres.

O'r diwedd daeth hi'n amser i Lorraine yrru oddi yno gyda Pierre ei gŵr newydd, ar eu ffordd i'r orsaf drenau wledig lle cewch groesi'r cledrau gan nad oes yno bont hyd yn oed. A dyna pryd y'i gwelais hi'n ferch fach naw oed yn rasio at y giât wrth yr heol fawr i ffarwelio â mi ar derfyn pob mis Awst. Doedd hi'n cofio dim am ei hen arfer pan soniais wrthi wedyn. Ond roedd yr atgof digymell yn gymysg â'r gwres fel map newydd yn ymagor. Mor wahanol oedd hyn i'r cof ymarferol, cof storio ffeithiau defnyddiol fel: beth yw'r ffordd orau o'r gadeirlan i'r siop lyfrau? Na, does gen i ddim map o Nevers wedi'i serio ar fy nghof, gall fod yn unrhyw un o'r strydoedd cul canoloesol. Yna rhedodd Elenor naw oed yn ôl atom ni o gyfeiriad y giât, ei gwynt yn ei dwrn a'i gwallt golau yn llifo o'i hôl, ac fe ddeffrowyd holl gân y criciedau, holl ddawns sioncod y gwair a holl droelli arswydus yr ystlumod. Wrth i bob un o'm hymadawiadau cynt ddod yn fyw, 'nôl yn Cressy roeddwn i, yn amsugno'r cynhesrwydd cyn gorfod troi am fis Medi arall.

8

Cyrraedd gytre

MYFANWY FENWICK

Pwyso eu cerydd arnom wnaeth y poteli Merlot gweigion wrth i'r nos bilio'i chnawd i olau dydd. Taflodd Mags wên chwil ata i ac anelu'n sigledig tuag at y gegin. Ailymddangosodd gyda bocs wasgod coch-wyn cyfarwydd yn dynn yn ei llaw a'r gair Marlboro wedi'i serio ar ei glawr.

'Ffycs sêc, Mags, ni fod i roi lan.'

'Jyst un?'

Tu fas, o'i phlyg, dadrwymodd ddau goesyn hirfrown uwch y llechi gleision cyn i awel chwerw'r bore grino'i thraed i'w chwrcwd. Crogodd y sigarét o'i cheg yn ganiatâd i oerfel y wawr gymell y mwg i'w ddwrn.

'I ble ti'n meddwl ma'n mynd, El?'

'Be, y smôc?'

'Nage!'

'Pwy 'te, Gandhi?'

'Bywyd.'

Rhewais yn f'ansicrwydd gan wylio'i llygaid yn pellhau.

'Dwi'mbo.'

''Swn i'n licio bod fel Tada.'

'Sut hynny?'

'Ma fe'n credu. Neis ca'l rhwbeth i gredu ynddo fe.'

Nodiais.

‘Sai’n gwbod am gredu, ond dwi’n gwbod be ’sen i’n licio credu.’

‘Be?’

‘Bod e fel mynd gytre.’

Tynnodd llais eiriau i’r gwagle, gan fy nwyn i’r wyneb.

*

‘Miss Morris? Chi’n iawn?’ Gwenodd y nyrs benfelen yn garedig gan ddisgyn i’w chwrcwd.

‘Dwi’n *fine*.’ Teimlais fy mherfedd yn codi wrth weld Mags yn ei hosgo. ‘Sori, dwi’n *fine*, diolch,’ a hynny’n ddigon iddi. Sythodd a cherdded mas.

A’r hen gadair yn cocsio mud-boen drwydda i taflais olwg ar y gwely cyn codi. Roedd rhyw flerwch clinigol yn drech arno, a gwifre’n llifo i mewn gan droi Mags yn blwg o gig a gwaed. Un flêr ydi hi, a nicyrs budron a sane’n bla ar ei gwely’n feunyddiol, ond blerwch byw sydd iddi, nid blerwch fel hyn, nid y potes annaturiol yma. Wrth gamu allan a chau’r llenni fe’i teimlais, y dicter, tinc cyntaf fy natod. Be ddiawl o’n i’n feddwl?

‘Eli?’ Dwi ddim am edrych lan, sdim awydd, dim chwant nac angen. Mae defnydd brown y siwt yn anwesu llawr y sbyty, a’r sgidie’n rhy sgleiniog i’r fath achlysur. Daw’r nyrs yn ei hôl gan ofyn am enw; Ellis Dafis yw’r cynnig, ‘y darpar ŵr’. Caiff y cynnig ei dderbyn a’r llenni yn eu tro’n cael eu hagor. Mae’r nyrs yn rhoi gwên fach drist, mae fel clocwaith.

‘Ddim ti o’dd e, nage?’ Mae e’n syllu’n daer, ei eiriau’n mygu’r aer yn fwll. Dwi ddim am ateb, ddim am edrych i’w lygaid. ‘Eli, fi jyst methu deall... o’dd hi’n hapus.’ Dwi’n prysur ymadael. Yn llid ar f’ansicrwydd teimlaf y gwylltineb yn dychwelyd wrth i’r Uned Gofal Dwys bellhau, ac i’r coridorau doddi’n un.

*

Llithraf yr allwedd i'r twll a'i throi; clywaf y clo a chofio nad fi glodd y drws. Nid fi ddiffoddodd y gole chwaith; doedd fiw imi, ro'n ni'n dwy'n dod yn ôl, yn doedden? Popeth yn ei le priodol – y blanced wysg ei batrwm ar lawr a'r gwydre'n dal i waedu'r un gwin rhad ag echddoe. Roedd minlliw pinc Mags yn dal i fod ar un ohonynt. Codais y gwydr wrth ei fôn a'i wthio i'm gwefusau cyn atal fy hun. Roedd y gwin yn chwerw.

'Fi'n methu credu!'

'Onest tw god, Els, ma'n wir.' Siglodd ei llaw a rhyw gryndod ar ei phedwerydd bys.

Suddais ymhellach i mewn i gôl yr hen soffa ledr a 'nghalon yn pwyso'n drwm ar fy stumog.

'Pryd ddigwyddodd e?'

'Heddi.'

'A be ddedest ti?'

'Be ti'n meddwl ddedis i?' atebodd gan daflu'r clustog ata i, gwên led ei gwep.

Yng nghefn y cwpwrdd roedden nhw, y tu ôl i'r powdr siocled poeth. Tynnais un allan o'r papur arian a syllu arni. Rhegais wrth gofio nad oedd gen i daniwr. Wedi hidlo drwy fynydd o'i dillad yn y gobaith y byddai siaced neu bâr o jîns yn datgelu un, ffindes i fe, rhyw hen daniwr pinc, ond ddaeth dim fflam iddo. Ymbalfalais fy ffordd yn ôl i'r gegin gan droi bwlyn yr hob nwy 'mlaen ag un llaw a thanio'r sigarét â'r llall. Wrth ei chodi i 'ngwefus teimlais wlypter ar fy nghledr. Dagre.

Llithrodd y cryno-ddisg i'r peiriant â'i dwylo hirion. Roedd y cas ar yr ochr yn dangos ôl defnydd, ôl byw, ôl mwynhad. Albym Meinir Gwilym.

'Tisio gwbod rhwbeth, Els?'

'Be?'

'*No judgement*... addo?'

'Be?'

'Dwi rioed 'di licio Bryn Terfel a fydda i byth,' a gyda hynny newidiodd 'Mellt' gan wneud lle i'r gân nesa. Yn ysgafn, disgynnodd gwên ar ei gwefus wrth i'r tannau cyntefig doddi i alaw 'Hen Gitâr'. Llaciodd a chau ei llygaid gan yngan y geiriau yn ddedwydd.

'Mags?'

'Ie?'

'Tisio gwbod rhywbeth...'

'Wastad...'

'Dwi'n caru ti.'

Disgynnodd llonyddwch enbyd heb ddim i'w lenwi ond curo fy nghalon wrth i'w llygaid brown ailagor.

'Sori...' cychwynnais.

Yna fe'i teimlais, estynnodd draw a 'nghusanu.

*

'Miss Morris, dwi'n deall bod eich profedigaeth yn un wael, ond mae'n ddyletswydd arnom i ddeall y pam tu hwnt i hyn.'

Craffa'r heddwas ar fy ngwyneb gan chwilio am yr ateb i'w gwestiwn, ond fe arhosaf yn fud.

'Be yn union ddigwyddodd y noson honno, ydych chi'n cofio?'

'Na,' atebaf yn syml.

Hwylio drwydda i wysg fy mraich dde wna'r ergyd gyntaf. Yn ffrwyn ar f'afreolaeth mae'n pylu'r gwylltni gan adael dim. Gwna'r ail wrthdrawiad 'run peth i'm hochr chwith gan ledaenu'r tywyllwch yn bla nes cael gafael ar fy mron, a thynnu. Hollta cnoc amrwd fy nhristwch gan fy ngorfodi tua'r drws.

'Dwi isie i ti siarad, El.' Gwena Mrs Davies arna i'n wan. 'Ti o'dd yn ei nabod hi ore.' Mae 'na ryw dristwch yn ei chroen a hwnnw'n hongian mor flinedig o'i hwyneb. Symuda ei llygaid dolurus tuag at ddrws ystafell Mags. 'Dwi jyst yn disgwyl iddi gerdded mas 'ma... unrhyw eiliad nawr.' Mae'r ddwy ohonom yn sefyll mewn rhyw dawelwch, yn dymuno iddi wneud hynny'n union. Does dim yn digwydd.

Gwyliaf wrth iddi droi ar ei sawdl, ei llygaid yn disgleirio gan dynnu sylw at y ddau rigol sy'n tanlinellu ei llygaid blinedig. 'Meddylia amdano fe.' A gyda hynny mae hi'n cau'r drws ar ei hôl.

Gwyliaf wrth i'w chefen brysuro i lawr y staer, y cryndod yn ei hosgo'n torri 'nghalon yn ddau.

*

'Mags, dere'n ôl.'

Rhwygodd ddrysau'r adeilad ar agor a rhedeg allan. Dilynais.

'Mags, dere'n ôl, ni angen siarad.'

Trodd i'm hwynebu. 'Sai'n gallu, Els,' sibrydodd, wrth gamu'n ôl i mewn i'r hewl.

'Pam? Pam, Mags?'

'Achos fi'n caru ti 'fyd...'

A dyna pryd ddaeth e, y car. Roedd yr hewl ar gornel, fedrai ddim fod wedi gwybod. Ond teimlais y dicter, efo fi, efo fo, efo Mags...

'Nes i ddim siarad. Ro'n i'n methu, roedd rhyw dynnu ar fy ngwddw'n rhwystro'r geiriau. Mae 'na ryw lonyddwch mewn cnebrwng rhywun ifanc, rhyw chwithdod yn drwch ar bawb. Roedd yr un llonyddwch yn y fflat. Cynigiodd Mam 'mod i'n mynd adref ond gwrthodais. Roedd 'na ryw ysfa yn fy mod, rhyw angen i fod gyda Mags. Tynnais fy nillad a philio'r cwrteisi o'm hanfod gan daflu un o'i siwmperi amdana i a cherdded tua'r allanfa.

Taniais sigarét olaf y paced gan wylio wrth i'r mwg fyseddu awel fwyn y nos yn ysgafn.

'Ffycs sêc, Mags... Ni fod i roi lan,' dywedais yn dawel. Uwch fy mhen estynnai'r sêr dan lwnc agored y lleuad gynhaeaf. 'Gobeithio 'nest ti gyrraedd gytre, Mags... achos o't ti'n sicr yn teimlo fel gytre i fi.'

9

Lladd amser

Gaenor Watkins

Er ei bod hi'n ddiwrnod o haf teimlodd Marged ias oer yn cerdded ei chefn, gan dreiddio o fodiau ei thraed hyd at fôn ei gwallt. Roedd y foment wedi cyrraedd, y foment y bu'n aros amdani ers pedair blynedd - pedair blynedd, chwe mis a deuddydd, a bod yn fanwl gywir.

Neidiai'r llun o dudalen y papur newydd, gan syllu arni'n heriol. Roedd e'n llun da, er mai *photofit* ydoedd, gwaith arlunydd oedd wedi gweithio ar ddisgrifiad dieithryn o ddieithryn. Y llygaid, y gwallt blêr, yr osgo, y traed lletchwith, ychydig yn dew efallai, ond rhaid cofio mai ffrwyth arlunydd oedd hwn, nid llun go iawn. Mantais bendant, yn nhyb Marged, oedd hynny.

Disodlwyd yr oerni ym mêr yr esgyrn gan gynhesrwydd bodlon. Celwydd bychan fyddai'r cyfan. Celwydd, camgymeriad, camgymeriad, celwydd - gallai'r ddau fod ynghlwm yn ddigon rhwydd. Y naill wedi ei wau yn llac i mewn i'r llall.

Arllwysodd wydraid o win coch, gan wylio'r hylif yn llyfu ochr y gwydr, yn union fel y gwnaeth bedair blynedd, chwe mis a deuddydd yn ôl. Doedd yr haul ddim yn taflu ei belydrau arni y diwrnod hwnnw. Dyma'r diwrnod y penderfynodd ei phartner fod eu perthynas drosodd.

Gadawodd y tŷ gan boeri rhestrau o'i diffygion a'i ffaeleddau wrthi, cyn cau'r drws yn glep gan beri i'r llestri rincian yn y cwpwrdd ac i'r dillad ddirgrynu ar y lein yn yr ardd gefn. Yna'r distawrwydd llethol, byddarol. Cofiodd yfed ei gwin drwy ei dagrau, a'r rheiny'n halltu'r gwin melys. Dagrau rhyddhad.

Doedd dim brys. Byddai'n ffonio'r heddlu maes o law, ar ôl gorffen ei gwin, ac ar ôl mwynhau gwydraid arall gyda'i swper.

Rhaid oedd bod yn gryno a diflewyn-ar-dafod. Cododd y ffôn, a gyda bysedd crynedig gwasgodd y rhifau. Adroddodd ei thamaid wrth y derbynnydd, a dweud ei bod yn adnabod y dyn yn y llun. Owen Morgan. Gadawodd ei henw a'i chyfeiriad ac yn rhyfedd, ni ofynnwyd yr un cwestiwn iddi. Teimlai Marged braidd yn siomedig – roedd wedi disgwyl mwy o ddiddordeb. Wedi'r cyfan, roedd y dihiryn yn y papur wedi ymosod yn giaidd ar ferch ifanc. Beth bynnag, roedd yn ddigon. Teimlodd Marged foddhad yn llifo drwyddi wrth feddwl am y canlyniadau – Owen yn cael ymweliad gan yr heddlu, cael ei gywilyddio o flaen ei gymdogion, ei yrru i ffwrdd mewn car i'r orsaf heddlu, ei holi'n dwll, olion bysedd, prawf DNA a noson fach ddigysur yn un o'r celloedd. Un celwydd bach yn ddigon i leddfu'r ysfa am ddial. Pam lai?

Pedair blynedd, chwe mis a thridiau, a dim sôn am yr heddlu. Arhosodd yn y tŷ drwy'r dydd, heb fentro allan am goffi gyda ffrindiau nac i wneud ychydig o siopa. Bu hyd yn oed yn yr heulfan er mwyn cael gwell golwg ar unrhyw un fyddai'n agosáu at y tŷ. Ond dim yw dim. Siomedig iawn.

Deffrodd Marged yn sydyn, gan glywed cloch y drws ffrynt yn canu. Neidiodd o'r gwely gan dynnu ei gŵn llofft amdani. Y postmon, siŵr o fod. Beth allai fod mor bwysig? Yno, roedd dau berson yn chwifio'u cardiau heddlu. Camodd Marged i'r naill ochr a'u gwahodd i mewn i'r tŷ. Dim ond saith o'r gloch oedd hi! Gwibiodd ei meddwl yn wyllt. Hen dacteg oedd hon, dal pobl oddi ar eu hechel, eu rhwydo i ddweud pethau heb gyfle i feddwl. Anadlodd yn ddwfn.

'Ai chi yw Marged Jones?' gofynnodd y blismones. Roedd ôl aeddfedrwydd a phrofiad yn ei llais a'i hwyneb, a gwyddai Marged y medrai ddarllen pob symudiad ac osgo o'i heiddo. Nid dyma'r amser i fod yn wan ac yn ddi-ddal. Roedd hi wedi aros pedair blynedd, chwe mis a phedwar diwrnod am y foment hon.

'Ie, fi yw Marged Jones, ac ydw, dwi'n credu mai fy mhartner, neu fy nghyn-bartner yn hytrach, yw'r dyn yn y llun,' atebodd gan ymdrechu i gadw'r cryndod o'i llais.

'Ydy eich cyn-bartner yn ddyn treisgar?' Saethwyd y cwestiwn ati fel bollt.

Dyma gyfle Marged i ddweud am yr holl drais a ddioddefodd, y cleisiau a'r clwyfau corfforol a meddyliol. Mor fuan y cripiodd y celwydd rhwng cynfasau'r caru. Roedd Owen yn filain, ei dymer ar linyn brau. Cofiodd y blas a gawsai wrth wneud hwyl am ei phen, a'i sarhau o flaen ei ffrindiau. Yna, byddai'n edifar ganddo, a'r addewidion gwag yn syrthio i'r llawr fesul un ac un, cyn cael eu sgubo i ffwrdd a'u taflu. Manteisiodd Owen ar bob cyfle i dorri ei hyder gan wneud iddi deimlo'n fach a diwerth. Rhedodd ei bys ar hyd y graith ar ei braich, craith y gyllell fara. Ymwrolodd Marged a phenderfynu bod yn gryno a diemosiwn.

'Oedd, neu yn hytrach, ydy,' atebodd yn blaen.

Edrychodd y blismones arni'n hir a hoeliodd Marged ei golwg yn ôl arni heb wyro. Doedd hi ddim am golli y cyfle hwn.

'Oes 'da chi luniau o'ch cyn-bartner?' gofynnodd y llall gan daflu cipolwg o gwmpas yr ystafell.

'Na, dim mwyach,' atebodd Marged yn blwmp. Taerai iddi weld cysgod gwên yn chwarae ar wefusau'r blismones, gwên oedd yn gymysgedd o dristwch, edifeirwch ac ychydig o gydymdeimlad efallai, ond diflannodd y wên yn sydyn.

'Byddwn ni mewn cysylltiad,' meddai, gan gerdded at y drws.

Diflannodd y ddau yn eu car pwerus gan adael Marged â gweddill y dydd i bendroni. Un celwydd, dyna i gyd. Celwydd a allai fod yn gamgymeriad. Roedd ei chydwybod yn glir. Cysgodd gwsg melys, dihunllef.

Gwyliodd Marged y newyddion ag awch. Roedd ganddynt berson yn y ddalfa yn dilyn yr ymateb da i'r *photofit* yn y papur, ac roedd y cyfan yn dibynnu ar ganlyniadau prawf DNA ymhen diwrnod neu ddau. Rhoddodd Marged sws fawr i sgrin y teledu cyn arllwys dogn fawr o win iddi hi ei hun. Mygodd yr ysfa i ffonio ei ffrind – doedd wiw iddi wneud hynny nes bod y cyfan wedi ei ddatrys. Ei chelwydd hi oedd hwn, ei chelwydd bach diniwed, oedd nawr yn achosi cymaint o drafferth i Owen. Dyma'r diwrnod gorau iddi hi ers... pedair blynedd, chwe mis a phum diwrnod!

Roedd yr haul yn machlud, gan daflu gwawr goch dros yr ardd ffrynt. Gwelodd Marged e'n dod o bell, ac oedd, roedd e wedi magu pwysau. Roedd y *photofit* yn un da. Arhosodd iddo nesáu at y tŷ a chanu'r gloch. Agorodd y drws, ac yno roedd Owen, yn gwenu'r hen wên honno, y wên a'i denodd ato yr holl flynyddoedd yn ôl. Y wên y tu ôl i'r dorch enfawr honno o flodau, a'i phersawr yn llenwi'i phen nes peri iddi ofyn iddo symud ati i fyw. Trannoeth daeth draw gyda'i ychydig eiddo, ac yno y bu!

'Oes croeso?' gofynnodd, gan gamu dros y trothwy heb aros am ateb.

'Beth wyt ti eisie, Owen?' gofynnodd Marged yn herfeiddiol.

'Dim ond dod i ofyn pam,' atebodd, gan edrych o'i amgylch yn ddidaro.

'Pam lai?' sibrydodd Marged.

'Ti'n gweld,' sgyrnygodd, 'bydden i wedi dod bant â hi oni bai amdanat ti, ti a'r bitsh arall 'na.' A chydiodd yn sydyn yn ei garddwrn. 'Roedd y bois lawr y clwb yn fodlon dweud 'mod i ar ganol gêm o snwcer ar yr amser 'ny.'

'Be ti'n feddwl?' tagodd Marged ar ei geiriau.

'Nawr, achos bod ti a'r ast arall wedi gweld yr hen lun 'na, sdim dianc. Faint o amser sydd wedi mynd heibio, Marged? Pedair blynedd? Mwy?'

'A chwe mis a chwe diwrnod,' gorffennodd Marged.

'Wel, un diwrnod sydd gyda fi cyn y canlyniadau DNA. Ond does dim un diwrnod ar ôl gyda ti, Marged,' meddai, gan wasgu ei ddwylo am ei gwddf.

10

Parti Pippa-Dee yn tŷ ni

DELYTH WYN JONES

Cerddodd Wendy a Sioned allan o siop Mace, eu dwylo'n tyrchu yn y bagiau, a dŵr yn dod o'u dannedd. Eisteddodd y ddwy ar y fainc, eu coesau'n siglo'n ôl a 'mlaen.

'Ti isio Cherry Lips? Tria'i sugno mor hir â ti'n gallu,' meddai Sioned.

'Iawn! Barod? Go!'

Edmygodd y ddwy eu clocsiau swed. Wendy fyddai'n cael dillad newydd gynta bob tro. Byddai ei mam yn mynd i'r farchnad ac yn ddi-ffael byddai Wendy'n gwisgo rhywbeth newydd i'r ysgol y diwrnod canlynol. Byddai gan Sioned dipyn o waith perswadio'i mam i wneud yn siŵr y byddai hithau'n gallu dilyn Wendy a'r ffasiwn ddiweddaraf.

Roedd Wendy a'i theulu wedi symud i'r Lodge, ei rhieni'n cael byw yno gan fod ei thad wedi cael swydd fel prif arddwr Plas Cefn Brith. Roedd ei mam yn gweithio yno eisoes, yn y gegin. A heno, ar ôl cryn baratoi, roedd Magi eisiau dangos ei thŷ bach twt i bawb!

'Faint o'r gloch ydan ni'n cael mynd i dy dŷ newydd? Mae Mam wedi dweud ga i brynu un peth,' meddai Sioned.

'Gawn ni fynd adra erbyn chwech, cyn i Lorraine gyrraedd. Lle mae dy Cherry Lip di?'

Gwthiodd Wendy ei thafod allan a dangos y darn bach tenau, tryloyw, coch oedd ar ei flaen.

'Dwi wedi ei gnoi, 'nes i anghofio! Gawn ni ddechrau eto?' Estynnodd Sioned am y cwdyn papur.

Sylwodd Wendy ei bod hi'n hanner awr wedi pump.

'Well i ni gychwyn am adra.' A cherddodd y ddwy yn frysiog, gyda throwsus cordyrói Wendy yn gwichian wrth i goesau llydan ei ffl̂ers chwipio yn erbyn ei gilydd.

Roedd Anti Gwen yn gadael y Lodge wrth i'r ddwy gyrraedd.

'Helô, ferched! Newydd fynd ag ychydig o betha i dy fam, Wendy. 'Nes i blatiaid o *vol au vents* iddi, a gobeithio'ch bod chi'n licio *sherry trifle*! Rhywbeth i dawelu'r dyfroedd gan fod Anti Nel yn mynnu dod efo fi heno!'

'O, yndan, diolch,' meddai Wendy wrth gamu trwy'r drws. Yn y gegin roedd Magi wedi gwneud pob math o ddanteithion.

'Dach chi mor glyfar, Anti Magi.' Sylwodd Sioned ar belen gron oedd wedi ei gorchuddio â ffoil a llwyth o ffyn pren wedi eu gwthio iddi, a sgwariau bach o gaws a phinafal ar ben pob un. Rhuthrodd y ddwy at y sardîns ar dost – tamaid i aros pryd – gan olchi'r cyfan i lawr efo gwydraid o Dandelion and Burdock.

Yna, aethant i fyny'r grisiau i wneud eu hunain yn barod. Syllodd Sioned ar y poster anferth oedd uwchben gwely Wendy.

'Ti mor lwcus yn cael rhoi posteri ar y wal. Mae Dad yn gwylltio, deud bod selotêp yn tynnu paent.'

'Yn *Jackie* ges i'r un o Donny, am ddim, dydd Sadwrn. Weli di'r cap pig sydd ganddo, dwi am gael un. Ti isio i Mam gael un i chdi hefyd?'

'O, diolch!' Ochneidiodd Sioned wrth feddwl am yr *Understanding through English* roedd hi'n ei gael bob dydd Sadwrn!

Roedd Kevin yn ei lofft yn gosod model o awyren Airfix at ei gilydd. Doedd o ddim am fentro i lawr y grisiau heno.

Roedd Wendy wedi recordio TOP 40 nos Sul oddi ar y radio yn barod i'w chwarae yn y cefndir, a phe bai Lorraine eisiau miwsig wrth i rywun fodelu'r dillad gallai droi'r sŵn i fyny'n uwch. Hwyrach y buasai Wendy ei hun yn gallu modelu rhai o'r gwisgoedd!

Canodd cloch y drws a brysiodd Wendy a Sioned i gyfarch Lorraine. Dangosodd Magi y parlwr iddi, wedi ei baratoi'n barod gyda chadeiriau â'u cefnau at y wal a lle gwag yng nghanol y stafell. Bu'r ddwy'n brysur yn helpu Lorraine i gario'r bagiau i mewn cyn ei gwylio'n gosod y dillad ffasiynol yn drefnus ar hyd rêl bwrpasol.

Gwen gyrhaeddodd gyntaf, a gosododd Anti Nel yn y gadair freichiau wrth y drws.

'Fi a fy ngheg fawr 'de, Magi! Driais i 'ngore i'w chael i aros adra...' meddai Gwen dan ei gwynt.

'Cyn belled â'i bod yn gwario ac yn bihafio,' sibrydodd Magi wrth ei chwaer.

Tynnodd Magi anadl ddofn. 'Ydach chi'n o lew, Anti Nel? Gobeithio'ch bod chi wedi dod â llond pwrs o bres.'

'Bobol bach, Magi, fydd 'na ddim byd i mi. Dwi'n rhy hen i'r dillad 'ma! Wedi dod i weld dy gartra newydd di dwi. Mae'r papur wal 'ma'n ddigon o ryfeddod, yn floda i gyd!'

Ymhen dim roedd y parlwr yn llawn, a'r llenni oren Tango wedi eu cau'n dynn. Cafodd Wendy a Sioned gyfle i fodelu jympsiwts neilon, un â phatrymau amryliw a'r llall â phatrwm croen neidr. Wrth iddynt gerdded yn ôl a 'mlaen cytunwyd mai'r un amryliw oedd yr orau, ac archebwyd un bob un iddynt.

Ar ôl gweld pob dilledyn bu Wendy a Sioned yn helpu Magi efo'r bwyd. Roedd Magi mor falch ei bod wedi prynu'r powlenni Tupperware ym mharti Gwen ddeufis ynghynt. Tra oedd Gwen yn gweini'r Tio Pepe yn y gwydrau newydd, mentrodd Nel i'r gegin gan esgus chwilio am y lle chwech.

'Wel, Kevin, lle wyt ti wedi bod yn cuddio?' gofynnodd Anti Nel, a'i hosgo'n gam.

'Llwgu ydw i,' meddai, gan roi ei ben yn y cwpwrdd.

Tybiodd Kevin iddo weld wy yn ei llaw wrth iddi gerdded yn ôl am y parlwr. Gwyliodd hi'n ymbalfalu ym mhoced ei chôt oedd yn hongian yn y cyntedd, cyn mynd yn ôl i'r parlwr a chau'r drws.

Ar ei ffordd yn ôl i fyny'r grisiau aeth Kevin draw at y cotiau. Wrth chwilio a chwalu drwyddynt clywodd glec fach ysgafn, a brasgamodd i fyny yn ôl at ei Airfix.

O dipyn i beth gadawodd y merched i gyd, yn fodlon eu byd ac wedi archebu ambell ddilledyn, ond yn bwysicach fyth, wedi gweld palas newydd Magi!

O ffenest ei lofft, gwelodd Kevin Anti Nel yn mynd adref efo Anti Gwen. Gwenodd wrth feddwl bod un o'i dwylo blewog yn stici!

11

adre, ata i

EURGAIN HAF

Tecstia fi, Tom, plediodd Petra, a'i chalon cyn waced â sgrin ei ffôn symudol. Un neges fach. Dim ond i ddeud bod bob dim yn iawn. Yn hynci-dori, jac-a-nori. A dy fod di yna.

Gosododd y ffôn ar gwpwrdd erchwyn y gwely, yn ddigon agos i gythru amdano pan ddeuai'r flîp ddisgwyliedig, a lapiodd y cwilt yn dynnach amdani. Fel sosej rôl fach. Roedd gymaint ganddi yr oedd arni eisiau ei ddweud wrtho. Heno, o bob noson, a holl ddigwyddiadau'r dydd yn cordeddu'n gynrhon bach y tu mewn iddi, yn ysu am gael eu chwydu allan mewn rhyw fath o drefn electronig synhwyrol. Ond ei dro fo oedd cysylltu.

Blîp. Bendant. Fuddugoliaethus. Lledodd gwên foddhaus ar draws wyneb Petra. A dyna nhw. Y digidau cyfarwydd yn datod.

Ymddangosodd ei hunlun wyneb cachu rwtsh. Wyneb sori mawr.

Toddodd Petra, cyn dechrau byseddu'r botymau ac anfon ei hymateb; yn emoji o ebychnod.

✉ 😠

✉ Dwi'n gwbod – dwi rêl lembo, Pets. Gen ti hawl i deimlo fel'na, bêbs. Ond do'n i'm yn gallu handlo bod yn y lle 'na, 'sti.

✉ Ti isio siarad am y peth?

Daeth llun bawd, yn gadarnhad nad oedd am drafod. Dim rŵan beth bynnag. Gadael i bethau fod am y tro. Rhoi taw ar y teipio. Ildiodd Petra, a rhoi'r ffôn yn ôl ar ben y cwpwrdd erchwyn gwely a phlannu ei phen ym mhlu ei chlustog.

Tasa Gwladys Nymbar Ffôr heb sbragio wrth fam Tom yn y lle cynta fasa dim o hyn wedi digwydd. Ond dyna ni, doedd pawb yn meddwl bod ganddyn nhw hawl i fusnesu yn eu petha nhw'r dyddia 'ma. Yn gwbod be oedd ora iddyn nhw. Gwladys Geranium yn fwy na neb, efo'i chyrtans nets yn twitsho fatha cath a'i llond hi o chwain.

Ochneidiodd yn uchel cyn clampio ei ffôn unwaith eto a sgrolio am y sgwrs a gawson nhw ar y diwrnod y digwyddodd yr holl beth, fisoedd yn ôl bellach. Y diwrnod hwnnw pan adawyd hi ar ei phen ei hun fach am y tro cyntaf ac y penderfynodd fynd allan am dro.

✉ Be'n union ddudodd Gwladys wrth dy fam?

✉ Ei bod hi wedi dy weld di yn pwsho coetsh i lawr Lôn Gefn.

✉ Ac ydi hynna'n offens dyddia yma, yndi? Rhen ast fusneslyd iddi!

Doedd dim angen i neb ddweud wrthi fod y goetsh yn wag, siŵr dduwcs. Yn llawn o bethau oedd wedi eu stwffio i mewn er mwyn rhoi'r argraff i bobl ei bod yn llawn. Hen flanced bom-pom wlân las a choch y digwyddodd ddod ar ei thraws yn yr atig ryw noson, ac a'i hatgoffai am y flanced honno oedd ganddi hi yn ei choetsh pan oedd yn blentyn. Honno oedd yn y lluniau i gyd ohoni yn fabi bach. Tedi bêr bach wedyn oedd yn amlwg wedi gweld dyddiau gwell yn swatio rhwng copi ddoe o'r *Daily Post* a bag o nwyddau roedd hi newydd eu prynu o siop Londis funudau ynghynt. Pram yn llawn o ddim byd.

Ac wedyn mi a'th bob dim yn ffradach, reit o flaen siop bwtsiar a hithau newydd brynu dau ddarn o stêc ar gyfer eu swper, ac wedi eu tycio o dan y flanced bom-pom yn y goetsh, yn saff rhag y piglaw. Yna, wedi datgysylltu'r brêc a'i chychwyn hi i lawr y stryd am adra, fe ddaeth rhyw hen gi mawr sgraglyd o nunlla, neidio i mewn i'r goetsh a dwyn un darn o gig, a rhedeg i lawr y stryd efo'r cnawd yn hongian yn llipa rhwng ei ddannedd, fatha cwningen wedi ei blingo.

Gadawyd y stecen arall yn agored yn y papur iro ar ben y flanced bom-pom, yn rhythu i fyny arni o grud y goetsh. Yn waed coch i gyd fel wyneb babi bach yn troi'n gochach. Yna'n shedan o liw piws. Ac yna'n las, las. Cyn gorwedd yn ddarn o gig llonydd ac oer. A Petra, druan fach, wedi ei hypsetio'n lân gan yr holl ddigwyddiad nes ei bod yn ei chwman yng nghanol y stryd yn gwagio'i chalon am ddoe na ddôi'n ôl.

*

Gwyddai na fyddai'n cysgu winc heno. Roedd digwyddiadau'r dydd wedi profi'n ormod i'r ddau ohonyn nhw, a hynny wedi iddynt aros am fisoedd i gael gweld y cwnselydd. Ond y cyfan roedd Petra'n ei gofio o'r cyfarfod oedd gweld lliw tin Tom yn cerdded allan o'r ystafell fach fyglyd, heb iddo yngan gair o'i ben. Gadael, gan feio Petra am ei dynnu o'i waith i ddŵad i'r fath le. Gadael, gan alw Gwladys Geranium yn bob enw am sbragio i'w fam. A gadael, gan ddamnio'r ddynes ddiarth 'ma am drio dallt.

🖂 🙁 Sori. Mi siaradwn ni'n iawn heno, pan ddo i adra.

Propiodd Petra ei hun i fyny yn y gwely a'i thu mewn yn awchu am y sgwrs honno. Ond rywsut ni ddaeth y geiriau, a dechreuodd sbio'n gam ar y sgrin. Fach. Wag.

G-w-a-g. Rhyw hen air rhyfedd oedd hwnnw hefyd, meddyliodd. Teipiodd y llythrennau i mewn i'r ffôn bach a syllu arnynt am amser hir. Sylwi ar y ddwy lafariad fach wedi eu cau rhwng dwy gromfach gytseiniol. Gair bach pitw i gyfleu rhywbeth mor anferthol o fawr.

Dechreuodd deipio drachefn...

🖂 Ti'n iawn, Tom?

🖂 💔

🖂 Siaradwn ni'n iawn fory, ocê.

🖂 Iawn, bêbs.

🖂 Nos dawch. 🖤

🖂 Nos dawch. 🖤

Ac am y degfed tro, dododd Petra y ffôn bach i gadw ar erchwyn y gwely, cyn taflu cip ar y cot gwag yr ochr arall i'r ystafell.

Trodd rownd a phlannu cusan dyner ar foch Tom, cyn rowlio ei hun yn sosej rôl fach yn y dwfe, a thrio mynd i gysgu.

12

Ymarfer ysgrifennu

REBECCA ROBERTS

Ysgrifennwch. Rhywbeth. Unrhyw beth. Na, ysgrifenna. Nid 'chi' ydw i. Cadwa dy bin ar dy bapur, edrycha'n brysur, llenwa'r tudalen (dudalen?).

Neithiwr, ar ôl swper: 'Croeso, lenorion Cymraeg, sêr disglair y dyfodol!' (Beth ydy *smug* yn Gymraeg?) Pawb yn cyflwyno'u hunain, a phawb wedi ennill mewn eisteddfod, neu goron neu stôl neu fedal, a fi heb ennill dim byd heblaw raffl yr ambiwlans awyr.

Mae o'n edrych arnaf i eto – yr un gyda'r sbectol trwchus. Yr un sy'n hoff o *name dropping* enwau awduron a beirdd enwog bob tro mae o'n agor ei geg.

'Dysgwr wyt ti, wrth gwrs. Paid â phoeni os ydy'r gynghanedd yn rhy anodd i ti.'

Ond ha-ha-ha, Mr Wnes-i-lyncu-geiriadur, achos mi wnes i ysgrifennu cynghanedd: Mi wn unigrwydd maneg. Sbot on, ac addas iawn!

Mistêc oedd trio am le ar y cwrs hwn/hon(?). Y sylwadau

gan y mynychwyr eraill: 'O'r Rhyl ti'n dŵad, ie?' Llais caredig, llawn cydymdeimlad, fel petawn/petaswn/petaf i wedi ffoi o ben draw'r byd.

'Waw, mae dy Gymraeg di'n ardderchog – am ddysgwr!'

'Wi'n siarad yn glou weithiau. Rho wybod os wyt ti am i fi arafu.'

Roedd y bwriad yn garedig, ond yn nawddoglyd yr un pryd. Nid dysgwr ydw i, er fy mod i'n swnio fel un ar ôl pymtheg mlynedd o fyw yn Lloegr.

Ddes i'n ôl y llyn(n?)edd, a phenderfynu yn syth fy mod i am agor fy ngheg a theimlo fy mod i adre unwaith eto, yn hytrach na bod yn ymwelwr/ydd yn fy ngwlad fy hun. Mi wna i ailgydied yn fy Nghymraeg, yn iaith fy nhadau (a theidiau a hen deidiau a hen, hen deidiau). Dros y naw mis diwethaf, yn dawel bach, rydw i wedi bod yn trochi fy hun ac yn amsugno'r iaith fel sbwng. Llowcio *Pobol y Cwm* a rhaglenni Radio Cymru. Ceisio (a methu) dysgu rheolau treiglo. Darllen dim byd heblaw am nofelau Cymraeg, nes fy mod i wedi pori drwy'r hyn sydd gan y llyfrgell i'w gynnig, ac mae'n rhaid iddyn nhw archebu stoc o Ruthun. Darllen a gwrando nes fy mod i'n breuddwydio yn y Gymraeg. Darllen a gwrando nes bod yr iaith yn llai fel jig-so ac yn fwy fel brwsh paent rhwng fy mysedd. Darllen a gwrando a siarad, ac yna, cymryd y naid fawr a dechrau ysgrifennu unwaith eto; nes fy mod i wedi ailgydied yn fy Nghymraeg, wedi mynd yn ôl at bwy oeddwn i'n arfer bod. Y ferch a gafodd ei chadeirio yn eisteddfod yr ysgol, yr eneth a freuddwydiodd am fod yn llenor(es?), nid *author*, y ferch a beintiodd 'Cofiwch Dryweryn' ar ei chas pensiliau ar ôl gwers hanes. Y ferch yr oeddwn i, cyn i mi ddysgu ystyr y gair 'hiraeth'.

Yr unig ffordd i mi fynd yn ôl ati hi yw/ydy ymarfer, ymarfer, ymarfer. Ymarfer nes bod y geiriau a oedd unwaith mor estron bellach yn alaw gyfarwydd.

Huawdl.

Hyfedr.

Hyfryd.

Geiriau fy nhiwtor Cymraeg i Oedolion, y geiriau a sbardunodd fi i geisio am le ar gwrs i lenorion.

'Mi ddoi di i lwyddo rhyw ddydd, Jenny.' (*Note to self* – 'rhyw' *causes a* treiglad meddal.)

Weithiau mae gen i'r hyder. Weithiau, mae'r hyder gen i. Rydw i adref unwaith eto, ac mae atgof iaith fy hen, hen, hen deidiau yn llifo trwy fy ngwythiennau, yn adleisio trwy fy ymennydd. Mae'r sêr o fewn cyrraedd. Mi fedrwn/fedraf gerdded i'r llyfrgell a gweld fy nofel Gymraeg gyntaf ar y silff.

Ond yna, mae rhywun yn fy nghywiro yn(g?) gyhoeddus, neu'n gwneud sylw *condescending* sy'n amlygu'r ffaith fod fy Nghymraeg yn drwsgl, fy mod i'n methu treiglo (methu â threiglo?), a dydy Cymru ddim yn teimlo mor groesawgar. Nid un sy'n dychwelyd adref ydw i (ydwyf i?), ond dieithryn sy'n troedio tir anghyfarwydd.

13

Mesto

MARTHA GRUG IFAN

Byddai Eifion yn perfformio'r un ddefod bob bore – codi o'i wely yn araf, gosod sbectol drwchus ar ei drwyn yn ofalus a gwisgo'i drywsus pinc llachar a'i hoff siwmper wlanog werdd. Edrychai braidd yn ddyran erbyn hyn wedi blynyddoedd o'i gwisgo ond doedd hyn ddim yn poeni Eifion. Byddai'n cerdded tua'r gegin, yn pwyso ei fys crynedig ar fotwm y tegell cyn yfed ei goffi wrth ddarllen y papur dyddiol a oedd yn cael ei adael y tu allan i'w ddrws.

Byddai wedyn yn cyrraedd uchafbwynt y bore; yr amser pan fyddai'n eistedd ar sedd y piano mawr, sgleiniog ac yn dechrau tincian ar y nodau ac ymgolli yn y gerddoriaeth. Roedd y gyfaredd a deimlai wrth iddo ymdoddi yn y gerddoriaeth a lenwai ei wythiennau â chynhesrwydd braf yn anesboniadwy. Nid oedd angen copi o'r gerddoriaeth arno am fod yr holl nodau wedi'u selio yn ei ben fel patrwm bach twt. Atgyfodai rhywbeth ynddo, a chipiai'r swyn ef i fyd arall.

*

'Encore! Encore!'

Roedd Eifion yn ei elfen. Roedd wedi'i gwneud hi. Yn byw yng nghanol dinas Berlin. Am y tro cyntaf erioed teimlai fel cerddor go iawn, un a oedd yn cael cydnabyddiaeth a chlod. Cael perfformio mewn neuadd gyngerdd enfawr gyda'r holl oleuadau yn llewyrchu arno wrth iddo chwarae un o glasuron Mozart yn ddramatig. Edrychai'n drwsiadus iawn yn ei siwt a gafodd ei ffitio'n berffaith ar gyfer y cyngerdd, a'i wallt wedi'i gribo'n drefnus i un ochr. Pan ddaw'n amser i'r gynulleidfa godi ar ei thraed wedi iddo orffen mae yntau'n codi hefyd ac yn ymgrymu er mwyn derbyn ei chymeradwyaeth. Dyma oedd ei freuddwyd, ei uchelgais – sefyll o flaen miloedd o bobl a oedd wedi talu i'w wylio ac ymhyfrydu yn eu clod a'u caredigrwydd.

*

Roedd y glaw yn parhau i dasgu'n wyllt ar ffenest y lolfa haul lle'r oedd Eifion wrthi'n ymgolli yn ei orffennol. Prin i'r glaw beidio ers marwolaeth Luned. Roedd troi at y piano yn fodd iddo anghofio. Dawnsio yng ngwres yr haul am gyfnod byr yn hytrach na gorfod gwrando ar dwrw di-ben-draw'r glaw.

*

'O! Helô, helô... ym... dewch i mewn.'

Roedd Eifion yn ceisio'i orau glas i beidio ag ymddangos yn ansicr o flaen y dyn dieithr yma a oedd yn sefyll y tu allan i'w ddrws yn y glaw. Roedd yn rhaid iddo esgus bod popeth yn iawn. Peidio â datgelu ei ddryswch. Peidio â gadael i'r dyn hwn a oedd yn ei nabod mor dda ei weld yn dirywio. Dim ond iddo nodio'i ben yn y mannau priodol a chadw'n dawel gan osgoi dweud unrhyw beth a fyddai'n gwneud iddo ei amau, byddai popeth yn iawn.

'Y wers biano, Mr Jenkins. Chi ffoniodd neithiwr eisiau trefnu ymarfer.' Roedd y dyn yn amlwg wedi synhwyro dryswch Eifion.

'O ie! Wrth gwrs. Gymerwch chi baned, Mr... ym... Mr...'

'Morgan. Peidiwch â dweud eich bod chi o bawb wedi dechrau mynd yn ffwndrus!'

Chwarddodd y ddau ar y syniad hollol dwp.

*

Y dolur mwyaf fyddai colli'r cof; yr adran sy'n storio ac yn cofio gwybodaeth. Chwilio'ch meddwl yn wyllt am atgofion, ceisio tynnu gwaed o garreg.

Roedd Eifion wedi sylwi ers amser fod rhywbeth o'i le. Patrymau bach twt y nodau wedi troi yn llanast di-drefn yn ei ben. Yn hytrach na theimlo pleser wrth gerdded at y piano bob bore, byddai'n teimlo'n ofnus ac yn ansicr. Ond eto, fel dyn yn mynd am gyffur, doedd dim modd iddo beidio. Erbyn hyn, byddai'n eistedd ar sedd y piano bob bore gyda'i ddwylo yn crynu ag ofn.

Un bore, wrth iddo eistedd wrth y piano yn teimlo rhwystredigaeth am iddo fethu'n lân â chofio cordiau'r llaw chwith i un o ddarnau enwocaf Beethoven, daliwyd ei lygaid gan gynhesrwydd llygaid Luned a oedd yn gwenu'n bert arno mewn ffrâm wedi'i gosod yn dwt ar ben y piano. Peidiodd y cryndod yn ei ddwylo. Roedd ganddi wallt hir du, trwchus ac roedd ei llygaid fel dau berl drud yn syllu yn ôl arno drwy'r llun.

*

'Oes unrhyw un yn eistedd fan hyn?'

Trodd Eifion i wynebu'r person a oedd yn berchen ar y llais melfedaidd, hudolus. Trawodd ef â'i phrydferthwch yn syth a llenwyd ei wythiennau â rhyw don sydyn o gynhesrwydd.

'Na, na. Neb o gwbl. Neb. Croeso i chi eistedd.' Ceisiodd ei orau i beidio ag ymddangos yn rhy awyddus.

'Chi oedd y pianydd yn y cyngerdd, yfe?' Cochodd Eifion gan nodio.

Bu'r ddau yn sgwrsio am oriau'r noson honno, tan fod y dafarn yn wag. Y ddau'n rhannu'r un angerdd tuag at gerddoriaeth a'r ddau'n teimlo bodlonrwydd llwyr yng nghwmni ei gilydd.

*

'I ti, Luned,' sibrydodd Eifion dan ei wynt wrth iddo ddechrau chwarae hoff gân ei wraig. Y gân a chwaraeodd ar noson y cyngerdd yn Berlin. Byddai'n troi at y gân yma bob tro y byddai'n teimlo hiraeth – teimlad a oedd wedi dod yn llawer rhy gyfarwydd iddo.

Yn sydyn, hanner ffordd drwy'r gân, pallodd ei gof. Rhewodd ei ddwylo. Trywanwyd ef. Roedd anghofio alawon cyffredin yn un peth, ond roedd anghofio sut i orffen y gân hon yn ergyd fawr iddo. Cân Luned. Eu cân nhw. Teimlai'n wan wrth i'w ddwylo grynu'n afreolus. Teimlai'r edau bach o wybodaeth a oedd wedi'u gwau yn grefftus yng ngwaed ei gof yn datod a doedd dim byd y gallai ei wneud i achub y sefyllfa.

Bu'n eistedd wrth y piano am oriau y diwrnod hwnnw, heb godi i fynd i gael cinio nac i ateb y ffôn. Teimlai'n anobeithiol. Doedd troi at y piano ddim yn gallu lleddfu'i boen y tro hwn, hyd yn oed. Roedd y peth a oedd wedi bod yn gyfaill ffyddlon iddo ar hyd ei fywyd wedi troi yn elyn pennaf iddo.

Bellach, nid oedd ond yn hen ddyn unig, a siwmper ei atgofion yn dyllau i gyd.

SIWMPER EI
ATGOFION YN
DYLLAU I GYD

14

Diwrnod lwmp mewn gwddwg

MARTHA GRUG IFAN

Rwy'n llonydd. Mae'r byd fel petai'n troi, yn dal i symud, yn mynd yn ei flaen gan fy ngadael innau'n gorwedd ar fy ngwely yn syllu o fy mlaen. Sylwaf ar y cylchoedd o ddamprwydd lliw dim byd sydd wedi crynhoi ar y to gan lunio patrymau cain, prydferth bron.

Rhaid i mi godi.

Diwrnod 'lwmp mewn gwddwg' yw heddiw. Dyw hi ddim yn ddiwrnod trist chwaith. Jyst diwrnod o deimlo dim byd. Mae'r lwmp wedi'i wneud ei hun yn gyfforddus yn fy ngwddwg ac yno y bydd yn cael gorffwys am weddill y dydd. Teimlaf bwysau'r lwmp yn bygwth byrstio, yn fy atgoffa ei fod yno. Gallai fyrstio unrhyw eiliad, gan fy ngadael yn llefain, yn wylo heb ddim rheswm. Rwy'n gyfarwydd â diwrnodau fel heddiw erbyn hyn, ond dyw hynny ddim yn eu gwneud yn haws chwaith. O leia alla i wybod beth i'w ddisgwyl. Ond eto, does dim yn fy mharatoi at y teimlad. Efallai neith y lwmp ddim byrstio heddiw os bydda i'n ddigon lwcus, yn ddigon gofalus. Ceisiaf gysuro fy hun, tynnu fy sylw oddi ar y teimlad o deimlo dim byd, gyda'r gobaith y bydd y lwmp yn eistedd yno'n ddigon cyfforddus tan iddo gilio'n dawel ar ei ben ei hun. Rwy'n casáu natur anwadal yr hen ddiawl.

Rhaid i mi godi.

Mae 'na gryndod yn fy nghorff wrth i mi lusgo fy nhraed yn araf bach i gyfeiriad y gegin. Teimlaf yn wan. Rwyf wedi fy mharlysu. Gosodaf fy mys crynedig ar fotwm y tegell i wneud paned. Mae'r ddinas yn fwrlwm i gyd y tu allan i'r ffenest. Gwelaf don o bobl yn nofio ymysg ei gilydd fel pysgod. Mor chwim eu symudiad. Yn gwneud i'r holl beth edrych mor hawdd. Pam na alla i fod yn rhan ohonynt? Mae gan bob un ryw bwrpas, rhyw rôl i'w chwarae yn y byd mawr hwn. Pa rôl sydd gennyf i? Dim byd o werth. Mae bwrlwm y dŵr sydd newydd ferwi yn fy nhynnu o fy myfyrdodau. Rwyf yn ôl yn y gegin unwaith eto.

Teimlaf ddeigryn yn gwlychu fy wyneb. Mae'r lwmp wedi dechrau byrstio. Mae'n byrstio'n araf heddiw. Yn boenus o araf. Fel petai'n chwarae gêm gyda fi. Yn fy atgoffa pwy yw'r bòs.

Ema.

Mae'n rhaid i mi fynd at Ema.

Mae ofn arnaf i. Mae'r ofn yn fy mharlysu. Mae'n rhaid i mi fod yn gryf, gwrando ar beth mae'r therapydd wedi'i ddweud. Teimlaf fy nghalon yn taro yn erbyn fy mrest wrth i mi ddynesu at yr ystafell dywyll. Crynaf. Mae rhyw wendid wedi meddiannu fy nghorff, yn fy llethu. Cyn estyn am ddolen y drws, byseddaf y llythrennau lliwgar sy'n ei addurno. Ema. Ystafell Ema.

Agoraf y drws a gweld y waliau glas. Glas golau. Glas fel y môr. Ac ar hynny mae'r don yn fy nharo. Y don ddidostur sy'n fy nhrywanu gyda'r holl atgofion. Mae Ema wedi marw. Wedi boddi. Mae Ema wedi boddi. Fy mabi. Wedi mynd.

Sgrechiaf. Sgrechiaf nerth fy mhen er mwyn boddi'r llais.

Rwy'n anghofio sut mae anadlu. Syrthiaf i'r llawr, a 'nghorff crebachlyd yn gryndod i gyd. Gafaelaf yn fy mhengliniau a gorwedd fel babi mewn croth.

Flwyddyn yn ôl i heddiw, roedden ni'n tri yn dathlu pen-blwydd Ema yn chwe blwydd oed. Flwyddyn yn ôl i yfory bu farw fy mhlentyn chwe blwydd oed. Dydw i ddim yn siŵr a ydw i'n credu'r dywediad fod amser yn gwella pob clwyf. Nid y clwyf hwn. Mae'r clwyf hwn wedi mynd y tu hwnt i alluoedd amser. Does dim dianc rhag y clwyf hwn. Mae'n rhan ohonof i. Yn rhan o'r lwmp yn fy ngwddwg.

*

Pen-blwydd hapus, cariad, ti werth y byd. Dyma dy hoff le di; ein cilfach ni, ein cyfrinach ni. Wyt ti'n cofio dod yma ar brynhawniau Sul a threulio oriau yn gwrando ar gerddorfa'r gwynt? Wyt ti'n cofio cytgord yr harmoni yn annog dail lliw oren-euraidd yr hydref i ddawnsio a chreu patrymau coeth, a'r lliwiau'n toddi i'w gilydd ac yn ein hypnoteiddio?

Mewn gwirionedd, does dim byd arbennig o brydferth am y gilfach hon. Byddai person cyffredin yn sylwi ar leithder y gors ac yn cwyno am y diffyg cysgod rhag y gwynt didostur. Ond roedd gen ti ddawn, Ema, dawn ddiniwed i droi popeth yn hud a lledrith. Y ddawn i weld llawenydd ym mhopeth a throi'r gwynt o fod yn elyn pennaf i fod yn gyfaill, ac i droi'r gors oer, lwyd i fod yn bwll nofio cynnes yng nghanol coedwigoedd yr Amazon. Roeddwn i'n genfigennus o'r ffordd roeddet ti'n gallu gweld y byd, ac yn awchu am gael benthyg ychydig o dy ddiniweidrwydd. Ti ddysgodd fi sut i ddychmygu, sut i ychwanegu ychydig o liw at ddiwrnod du a gwyn.

Byrstia'r lwmp am yr ail dro heddiw. Yn sydyn y tro hwn. Rwy'n ceisio tynnu fy sylw oddi wrtho, rwy'n ceisio cofio am y straeon roeddet ti'n arfer eu hadrodd; dy hoff stori am y wrach gas a oedd wedi troi cawr unig yn ddelw gan greu mynydd. Byddet ti'n adrodd y stori yn llawn awch ac er fy mod wedi'i chlywed ganwaith, doedd hi byth yn mynd yn hen.

Mae'r byd i'w weld mor fach o'r gilfach hon. Gallaf weld ceir yn y pellter fel dotiau lliwgar ond cânt eu taro'n fud gan y gwynt wrth iddo gipio sŵn eu sgrechian diddiwedd. Dychmygaf y gwynt yn fy nghofleidio'n dynn, ei harmoni yn fy ngwasgu ac yn fy atgoffa bod cerddoriaeth i'w chlywed hyd yn oed yn y gwyntoedd mwyaf creulon. A thrwy hynny, teimlaf yn nes atat. Mae'n amhosibl cael gwared ar y lwmp yn fy ngwddwg, ond mae'n amhosibl hefyd anghofio am gynhesrwydd dy alaw a hud dy ddychymyg. Cyhyd ag y bydd dy harmoni yn fy nghofleidio, byddi di yma am byth. Ac mae hynny'n gysur.

15

Does unman yn debyg

GWENFAIR GRIFFITH

Eisteddodd Mari wrth ei chyfrifiadur, y dudalen ar y sgrin o'i blaen yn wag. Gorffwysai ei bysedd yn ddisgwylgar ar fotymau'r allweddell. Roedd cymaint i'w ddweud, ond doedd y geiriau ddim yn dod.

*

'Rwy'n ofnus.' Byseddodd Mari'r neges ar sgrin fach ei ffôn a gwasgu 'Send' i'w hanfon at ei chariad. Roedd hi a'i dyn camera yn sefyll yng nghysgod mosg mwyaf Sydney yn aros i'r drysau agor. Cododd Mike goesau ei dreipod tra bod Mari'n rhoi ei ffôn 'nôl yn ddwfn ym mhoced ei chôt.

Unrhyw funud nawr, byddai cannoedd o bobl yn llifo mas o'r mosg wedi gweddïau Tarraweh dydd Gwener. Roedd y tyrau yn gloywi'n wyrdd a'r pebyll Ramadan gerllaw wedi'u goleuo yn groesawgar gyda jygiau tal yn llawn sudd oren a sudd moron ar y byrddau hir – fel pe'n aros i'r noson ddigwydd.

Byddai'r dyrfa tu fewn yn llwglyd am Iftar. Dychmygodd

Mari'r rhesi o bobl yn sefyll ysgwydd wrth ysgwydd yn gwrando ar yr imam.

Yma i wneud eitem newyddion am sut mae Mwslemiaid Sydney yn dathlu mis mwyaf sanctaidd Islam yr oedd hi; eitem liwgar i gyfleu sut mae traddodiadau'r Dwyrain wedi'u trawsblannu yn un o wledydd y Gorllewin – dyna roedd Mari wedi'i addo. Doedd 'na ddim agenda arall.

Ond roedd hi newydd gael llond pen. Roedd cynrychiolydd y wasg yn y mosg wedi gweiddi arni fel nad oedd neb wedi'i wneud erioed o'r blaen.

Bai'r dyn camera oedd y cyfan!

Nage, ddim wir. Ei bai hi. Dylai fod wedi ei atal.

Ddim yn hir ar ôl gosod ei fagiau ar lawr gyferbyn â'r mosg, gofynnodd Mike i Mari gadw golwg ar ei git. Heb aros am ateb cerddodd yn syth at gefn yr addoldy i weld beth oedd yno.

Roedd yn amlwg i Mari na ddylai fod wedi mynd.

Dyna oedd ardal y menywod, ond roedd e wedi llithro i ffwrdd oddi wrthi cyn iddi allu ei stopio. Sylwodd Mari ar ambell fenyw oedd yn cyrraedd y mosg yn hwyr yn tynnu ei sgarff yn dynnach am ei phen yn amheus wrth weld dyn yn brasgamu mewn lle na ddylai fod.

'You shouldn't have gone there,' dywedodd Mari pan ddaeth e 'nôl.

'What? I was just taking a look,' meddai Mike gan godi ei ysgwyddau a gosod ei gamera ar ochr arall y pafin, y treipod mawr yn ymledu o un pen i'r llwybr i'r hewl.

Yn sydyn, daeth dyn mewn siwt draw o'r swyddfeydd wrth ochr y mosg. Roedd e'n camu'n gyflym a'i law wedi'i hymestyn yn dal ffôn a sŵn llais menyw grac yn diasbedain ohono. Tynnodd Mari ei hanadl wrth iddo ddweud wrthi bod yr alwad iddi hi. Cododd y teclyn i'w chlust.

PAM OEDDEN NHW YNO!?! Doedd DIM HAWL ganddyn nhw fod yno!

Doedd y llais ddim yn aros am ateb.

Pam bod dyn camera wedi mynd at ardal y menywod? Roedden nhw wedi cael OFN! Roedd e wedi TARFU AR FENYWOD yn eu cysegrfan eu hunain.

Trodd Mari ei chefn ar Mike ac ymddiheuro yn ddiffuant wrth y llais. Camddealltwriaeth, camgymeriad, dywedodd yn dawel. Ceisiodd egluro mai dim ond ffilmio o'r tu allan oedd y nod.

Doedd dim maddeuant. Byddai cwmni teledu Mari yn cael cwyn swyddogol yn y bore. Rhwbiodd Mari ochr ei thalcen a phlygu ei phen, ei gwefusau yn un llinell dynn.

'There are over a thousand Muslims in that mosque and you have offended every one of them,' meddai'r llais yn fygythiol cyn terfynu'r alwad.

Roedd llaw Mari'n crynu wrth iddi roi'r ffôn 'nôl yn nwylo'r dyn. Trodd at Mike a cheisio cuddio'r cryndod yn ei llais, 'I think we should leave.'

Dim perygl oedd ei ymateb. Yr un hen ddadl – *ry'n ni mewn man cyhoeddus, mae hawl ganddon ni fod yma, ac rwy'n mynd i gael fy siot.* Roedd Mike wedi arfer ffilmio mewn llefydd lle nad oedd croeso iddo, ond roedd bola Mari yn glymau i gyd a blas sur yng nghefn ei llwnc yn sydyn.

Dros fil o Fwslemiaid crac...

Cwyn swyddogol yn eu herbyn...

Parhau i godi ei gamera yn gwbl ddigynnwrf wnaeth Mike a pharatoi am y siot berffaith. Yn sydyn, daeth dyn arall draw o'r babell sudd gyda chapan gwyn ar ei ben a chrys hir. Arhosodd Mari yn agos y tu ôl i Mike, a geiriau'r fenyw grac yn adleisio yn ei chlust: *You have offended every one of them.*

Ond roedd gwên ar wyneb y dyn, a photeli sudd yn ei law. Roedd e eisiau i'r ddau eu derbyn. Doedd Mari ddim yn siŵr. Cymerodd Mike un blas moron. Nodiodd y dyn mor gynhyrfus nes i Mari dderbyn sudd oren a dweud diolch yn fawr.

Chyffyrddodd hi ddim y sudd gan i ddrysau'r mosg

agor y foment honno – a llifodd torf anferth o ddynion mas. Daeth golau'r camera ynghyn ac aeth llygaid Mike yn dynn at ffenest fach y camera.

Safodd Mari y tu ôl iddo, yn ceisio peidio â dal llygaid yr un o'r dynion wrth iddyn nhw wthio heibio. Canolbwyntiodd ar smyj y gwm cnoi brwnt oedd union gentimetr o flaen blaen ei hesgid ar y pafin. Gwasgodd ei chefn yn erbyn y wal fel pe mewn ymgais gwbl aneffeithiol i'w throi ei hun yn anweledig.

... Dros fil o Fwslemiaid crac...

Un ar ôl y llall, roedd dynion llwglyd yn gwthio drwy'i gilydd, sawl un yn taflu golwg amheus at y criw camera dieithr, a theimlodd Mari ei hewinedd yn gwasgu'n hanner lleuadau miniog ar gledr ei llaw.

O'r diwedd, roedd Mike wedi cael digon o luniau. Agorodd botel ei sudd moron trwchus a'i yfed i gyd a dweud ei fod yn fwy melys nag oedd e wedi'i ddisgwyl. Lleisiau amdani nawr, dywedodd, a thaflu'r botel wag i waelod ei fag.

Doedd y gwaith ddim ar ben. Roedd Mari'n gwybod bod rhaid dod o hyd i bobl i'w holi ar gyfer yr eitem. Ond a fyddai si ar led ar y stryd am griw camera eofn a sarhaus?

Wfft, roedd Mike yn meddwl am ei fola.

Ar brif stryd Lakemba roedd stondinau bwyd stryd yn drwmlwythog o ddanteithion... Roedd criw o ddynion ifanc yn brysur yn fflipio byrgyrs cig camel. Roedd un dyn yn codi stribed hir wynfelyn o gaws Kunafe o Balesteina ac yn galw'n gynhyrfus ar y llif o bobl a gerddai heibio gan addo'r Kunafe gorau yn yr ardal. Doedd Mari ddim yn siŵr beth oedd y sŵn cnocio annisgwyl tan iddi weld dyn arall â barf daclus yn pwnio twba mawr gyda darn hir o bren, a'r arwydd o'i flaen yn hysbysebu hufen iâ o Syria. Ar y stondin gyferbyn roedd stêm yn codi'n gymysg â'r mwg o gril anferth lle roedd tân yn llyfu cebábs ac arogl cigoedd gwahanol yn llenwi awyr y nos. Drws nesa roedd dyn gyda mwstásh du cyrliog a lifrai gwyrdd fel milwr, ei lygaid yn byllau duon, yn canu clychau bach fel simbalau rhwng ei fys a'i fawd wrth gynnig coffi a the Twrcaidd.

Roedden nhw'n dod o bob cwr o'r byd, ond Lakemba oedd eu cartref nawr.

Cymerodd Mari gnoad o'r samosa oer â chrwst crensiog roedd hi newydd ei brynu o stondin teulu mawr o Bangladesh. Doedd hi ddim yn teimlo fel bwyta a dweud y gwir. Ond roedd tasg ganddi i'w chyflawni ac roedd rhaid iddi geisio canolbwyntio.

O'i chwmpas hi a Mike roedd teuluoedd yn bwyta gyda'i gilydd wrth fyrddau isel. Roedd lleisiau'r stondinwyr yn galw a chloncan ffrindiau yn atsain ar welydd y stryd gul. Roedd hi'n bryd codi'r camera eto, a chydiodd Mari yn y meicroffon mawr blewog i chwilio am bobl i'w holi, gan geisio peidio â chnoi ei gwefus.

Roedd hi'n amlwg nad oedd y wraig yma eisiau siarad. Cododd ei siôl i guddio'i hwyneb ac ysgwyd ei phen. Symudodd Mari 'mlaen yn glou. Doedd hi ddim eisiau cythruddo unrhyw un arall heno.

Dywedodd wrth Mike y byddai'n holi'r stondinwyr gyntaf. Aeth yn syth at y stondin byrgers cig camel, a'r dynion yn gwenu'n falch o flaen y camera. Fflipiodd un ohonynt y cig ag arddeliad, ac roedd Mari'n credu iddo ychwanegu ychydig bach mwy o saws a winwns nag arfer.

Daeth merch ifanc wengar heibio gyda chriw o'i ffrindiau, yn gwisgo sgarff lwyd dros ei phen a threinyrs lliw pinc am ei thraed. Cytunodd i gael ei holi. *No worries.*

Dywedodd fod Ramadan lawer haws yn Sydney na lle cafodd hi ei geni; roedd y diwrnod yn fyrrach – a'r cyfnod heb fwyta'n llai. Roedd hi wrth ei bodd, a gwyliodd Mari hi wrth iddi dynnu coes un o'r gwerthwyr melysion tra bod Mike yn ei ffilmio ynghanol ei chriw ffrindiau. Daeth menyw arall funudau wedyn, tua'r un oed â Mari. Roedd ganddi siôl ddu smart a blodau coch am ei phen oedd yr un lliw â'i lipstic. Esboniodd sut roedd hi'n gorfod egluro beth yw Ramadan wrth ei chyd-weithwyr; bod rhai ddim yn deall nad oes modd yfed dŵr, hyd yn oed, tan i'r haul fachlud, ond eu bod yn deall yn iawn wedi iddi egluro.

Gwenodd Mari a theimlo'i hysgwyddau yn llacio.

Amneidiodd un dyn ar Mike i ddod draw. Roedd cebábs amrywiol ganddo yn coginio dros olosg crasboeth, a'i ddwylo yn diferu o saws. Roedd e'n dod o Pakistan yn wreiddiol, meddai, ac roedd adlais ei famiaith yn ei Saesneg yn hardd.

'Ramadan is for everybody,' dywedodd gan sychu ei ddwylo. 'Islam is for everybody, not just for Muslim people. They are welcome from our heart. Islam is open. During Ramadan, Allah said, we should share everything, our food, money, everything. And we do, *Inshallah*.'

Trodd Mike ati wedi'r cyfweliad, ei lygaid yn sgleinio. Cydiodd Mari yn y treipod a chlymu ceblau'r meicroffon yn barod i'w rhoi i gadw a chymerodd anadl hir, ddofn. Roedd y ddau wedi cael llawer mwy na dim ond siot berffaith heno.

*

'Nôl yn ei stafell fyw, mae'r dudalen o'i blaen yn wag o hyd.

Yna, yn ei bag, sylwa Mari ar y sudd oren. Mae'n cymryd dracht a theimlo melystra'r ffresni anghyffredin ar flaen ei thafod.

Am rai eiliadau mae Mari'n llonydd.

Yna mae ei bysedd yn tapio'r allweddell ac mae'r stori jyst yn dod.

16

Lambrini

Swyn Melangell

'Gad i ni agor y botel 'na o Lambrini!'

Dyna ddywedodd Ifan ar ôl i ni yfed pedwar can o seidr yr un a photel o win coch. Dwi'n methu dal fy nghwrw, o gwbl. Bythefnos yn ôl mi es i ar noson allan i gneifio cyflym lle chwydes i cyn hanner awr wedi naw ar ôl cael tri pheint o seidr. Felly, roedd y ffaith 'mod i'n dal i sefyll ar y pwynt yma'n reit wyrthiol.

'Dan ni'n mynd i wylio'r teledu, gan eistedd yn rhyfeddol o agos at ein gilydd, heb sgwrsio am beth mae'r ddau ohonon ni'n gwybod, neu falle'n gobeithio, fydd yn digwydd erbyn diwedd y noson.

Mae o'n codi ei freichiau uwch ei ben fel petai'n ymestyn, ac yn gollwng ei fraich chwith y tu ôl i fi yn union fel petaen ni mewn ffilm. Dwi'n crinjio wrth feddwl pa mor Americanaidd ydy'r holl beth. 'Dan ni'n parhau i yfed ac i wylio rhyw raglen ar S4C dwi wedi'i gwylio o leiaf dair gwaith o'r blaen.

Dwi'n cofio ffansïo Ifan y tro cyntaf weles i o. Mewn eisteddfod leol, cerddodd o i mewn o'r cefn mewn crys glas taclus, a finnau'n troi at fy ffrind gan ofyn iddi pwy oedd yr hogyn yn y cefn. Doedd hi ddim yn gwybod, a chytunon ni ei fod o'n ddel. Ar ddiwedd y noson dyma ffotograffydd y

Cambrian News yn gofyn i'r ddau ohonon ni gael llun gyda'n gilydd – fi oherwydd yr un darn llefaru wnes i am fod Mam wedi deud bod rhaid i fi wneud rhywbeth, a fo oherwydd yr holl ganu roedd o wedi cystadlu ynddo ac wedi cael cyntaf ym mhob cystadleuaeth bron iawn. Dyma'r ffotograffydd yn ein gwthio at ein gilydd, yn cael y ddau ohonon ni i wenu'n ddel, yna'n penderfynu gweithio fel *matchmaker* a deud wrtho fo am roi ei fraich ar fy ysgwyddau, a finnau'n rhewi fel y byddai pob merch pymtheg oed yn ei wneud pan mae hogyn golygus o'i hamgylch.

Mae'r *Cambrian News* yn cael ei gyhoeddi, ac mae'r llun ofnadwy yna ohonof i ac Ifan wedi ei binio i bapur wal hen ffasiwn ar wal stafell fyw fy mam-gu. Mae lliw coch y babell y tynnwyd y llun oddi tani wedi ei adlewyrchu ar ochr fy ngwyneb gan bwysleisio fy mhothelli a rhoi rhyw fath o wawr goch i 'ngwyneb, ond wrth gwrs, doedd y problemau goleuo heb effeithio ar Ifan.

'Dwi heb gael *house tour* eto.'

Dwi'n deall y geiriau yna fel 'Gad i ni fynd i dy stafell', felly dwi'n ei arwain o i fyny'r grisie a chwifio 'nwylo gan ddangos y tŷ bach a stafell fy mrawd mewn panig, yn methu coelio beth sy'n digwydd. 'Dan ni'n camu i fewn i fy stafell a dwi'n esbonio pam fod y stafell yn binc a phiws i gyd a dwi mor falch fy mod i wedi clirio ar ôl dod adre o'r gwaith – wel, taflu fy stwff ar lawr stafell fy mrawd. Mae o'n gwneud ei hun yn gyfforddus, efallai'n rhy gyfforddus, ar ochr fy ngwely, a dwi'n sefyll, gan bwyso ar fy nghwpwrdd dillad i siarad hefo fo o bellter gan fy mod i'n rhy ofnus ynghylch beth fyddai'n gallu digwydd petawn i'n eistedd wrth ei ymyl.

Mae o'n deud wrtha i am aros funud ac yn rhedeg i lawr y grisie gan fy ngadael i'n sefyll yn anghynnes. Dyma fo'n rhyw frasgamu i mewn gan ddal y botel Lambrini yn falch yn ei law a chydbwyso dau wydr yn y llall. Mae'r symudiad yma wedi llwyddo i newid fy meddwl bach meddw i feddwl bod eistedd ar y gwely yn syniad gwych ac y dylwn i fynd ati i fod yn host da ac i dywallt dau wydraid enfawr o Lambrini £3.50. Mae o'n gorwedd ar fy ngwely fel petai am fynd i gysgu ac yn sbio arna i hefo llygaid direidus, a dwi'n pwyso fy nghefn yn erbyn y wal gan chwerthin a mwynhau'r sgwrs ond hefyd yn cadw fy mhellter. Mae'r sgwrs yn troi at daldra ac mae o'n crybwyll ei fod o'n reit fyr – rhywbeth doeddwn i heb sylwi arno o'r blaen. Dwi'n mynd i orwedd wrth ei ymyl gan dynnu sylw at fy nghanol a'i gymharu hefo ei un o. Dwi'n sylweddoli bod ein coesau ni bron yn union yr un hyd ond fod ei gorff o'n fwy. 'Dan ni'n chwerthin am y peth am ychydig yn rhy hir ac yna dwi'n cwympo fy mhen yn ôl gan sylwi ar fy meddwdod. Dwi'n sbio arno fo a chyn i fi gael cyfle i brosesu neu i greu rhestr o bwyntiau o blaid ac yn erbyn, dwi'n ebychu,

'O, ty'd yma.'

O fewn eiliad rydyn ni'n cusanu'n flêr, mae ei wefusau llawn yn glafoerio dros fy mochau a dwi'n teimlo ei boer yn llifo i lawr fy ngwddf.

17

Gwynt mis Chwefror

SWYN MELANGELL

Gwynt mis Chwefror yn cosi'r *stubble* ar fy nghoesau gan chwythu gwaelod fy ffrog haf lac, denau a oedd wedi dechrau tampio ar ôl bod yn eistedd yn y twll dan grisie am fisoedd yn aros i mi ei gwisgo. Fy ngwallt hir tonnog sy'n cwympo i lawr at fy nghanol yn cael ei chwyrlïo, gan greu clymau dieithr wrth ochr fy nghlust sy'n sibrwd alawon yr hen Gymry. Mae diferion lleithder y gwair yn dechrau oeri fy nhraed noeth wrth i mi symud bysedd fy nhraed yn araf i deimlo'r pridd yn ddyfnach rhyngddynt. Sefyll ar waelod ein gardd gymharol fawr, gan sylwi ar brydferthwch y goeden onnen yn y gornel, y rhododendron gyda'i blodau meirw, a synnu bod fy nhad wedi llwyddo i adeiladu sied anferthol y tu ôl i'r tŷ gan ystyried ein bod ni'n byw yng nghanol pentref. Mae'r ymdeimlad o ofod yn amhrisiadwy ac mae fy llygaid yn llwyddo i weld am filltiroedd drwy'r gatiau ben arall yr ardd.

Dwi'n dechrau cerdded tuag at y gatiau, gan deimlo brigau'r ardd hefo fy llaw ar y ffordd a cheisio llyncu gweadau'r fan sydd yn ddieithr ofnadwy erbyn hyn. Mae'r arogl llaith yn llwyddo i lenwi'r awyr ac yn fy annog i edrych i'r nen, gan bendroni a wneith hi lawio yn hwyrach y pnawn gan fod lliw'r gofod yn rhyw fath o las llwydaidd sydd yn creu atsain o dawelwch ac ychydig o dristwch am ryw reswm.

Dwi'n cyrraedd y gatiau ac yn pwyso drostynt i weld, bob ochr i'r stryd, y tai teras llechi llwyd sydd yn ychwanegu at ddiflastod y diwrnod a'r lle. Mae hen doiledau sydd wedi bod ar gau ers rhyw ddwy flynedd yn dal i eistedd fel cawr ar ben y stryd gyda'r arwydd uniaith 'Toiled' wedi ei beintio'n las. Dwi'n troi fy mhen ychydig yn rhy gyflym i'r cyfeiriad arall gan ddilyn llinellau gwyn canol y ffordd tuag at ben y bryn tan iddynt ddiflannu i'r pellter, a does dim modd eu gweld mwyach. Mae'r stryd yn hollol wag heblaw am gath ddu a gwyn Mrs Hughes yr ochr arall i'r ffordd sydd heb symud o'i chadair ers pan oeddwn i'n ferch fach.

Erbyn hyn dwi'n oer. Dwi wedi datblygu lympiau ar fy nghoesau – fy nghorff yn fy nghadw i'n gynnes, neu'n rhoi gwybod i fi bod rhaid i fi gofio eillio. Mae fy nghroen golau wedi llwyddo i droi'n lliw rhos ar fy mochau, gan bwysleisio'r porffor o dan fy llygaid oherwydd y nosweithiau di-gwsg.

Mae 'nghroen wedi ymestyn ar hyd fy esgyrn yn dynnach nag o'r blaen ac wrth ddal fy nwylo at ei gilydd dwi'n teimlo pa mor fregus ydyn nhw, fel dwylo hen ddynes, ond mae eu siâp yn bigog ac amlwg. Ond er y newidiadau corfforol, dwi'n parhau i sefyll wrth y giât yn fy ffrog haf.

18

Cawod o ddillad

Iona Evans

Tynnodd Marged y ffrog oddi ar yr hanger ac edrych ar y label. Seis 12. Pryd aflwydd fues i'n gwisgo hon, meddyliodd. Ailedrychodd a gweld nad oedd erioed wedi ei gwisgo gan fod label y siop yn dal ynghlwm. Sêl, meddyliodd, a chofiodd iddi ei phrynu yn nechrau Ionawr ddwy neu dair blynedd yn ôl am ei bod yn fargen ac, wrth gwrs, iddi addo iddi hi ei hun y byddai'n colli pwysau. Tyrchodd ar hyd y reilen yn ei wardrob gan dynnu allan nifer o ddillad o bob math. Dillad nad oedd wedi eu gwisgo ers tair blynedd, beth bynnag. Dyna roedd ei chyd-weithwraig Sandra wedi ei argymell.

'Blwyddyn newydd arall a dwi am glirio fy wardrob, a dwi wedi darllen os oes gen ti ddillad heb eu gwisgo ers tair blynedd rhaid iddynt gael eu gwaredu.' Gwenu wnaeth Marged wrth feddwl am y ffrogiau, y siwtiau a'r blowsys a hawliai le yn ei bywyd.

'Cofia, Marged, mi fydd yn rhaid i ti fod yn gryf,' siarsiodd Sandra. 'Mae'n hawdd rhoi dillad yn ôl rhag ofn i ti deneuo neu hwyrach feddwl y dônt yn ôl i ffasiwn.'

Pnawn Sadwrn gwlyb oedd hi pan fentrodd Marged wagio'r wardrob a llenwi cês ar gyfer y siop elusen yn y dref. Siop elusen y galon oedd agosaf at swyddfa'r cyfreithwyr lle gweithiai fel ysgrifenyddes. Roedd o hyd yn edrych yn daclus y tu ôl i'w desg, gyda'i gwallt wedi ei dorri yn y Siswrn Arian bob chwe wythnos.

Bu'n bnawn gofidus a hithau'n dal y dillad o'i blaen yn y drych gan droi i'r chwith a'r dde cyn eu plygu'n daclus a'u rhoi yn y cês. Roedd ganddi drwy'r pnawn gan fod Wil yn rheoli tîm rygbi'r ieuenctid yn y dref a doedd hi ddim yn ei ddisgwyl adref tan bump. Llenwodd y cês cyn ei roi i guddio ym mŵt y car. Doedd hi ddim eisiau i Wil weld faint o wastraffu roedd wedi ei wneud yn prynu'r dillad diangen. Medrai eu gadael yn y siop amser cinio ddydd Llun. Roedd yn teimlo euogrwydd a chywilydd am y fath bentwr. Dillad rhy dynn, ffrogiau rhy laes, siwmperi rhy dew. Byddai rhywun yn cael bargen, meddyliodd.

Ni chymerodd y dasg gymaint o amser ag a ddisgwyliai, felly penderfynodd wneud ychydig mwy o ymdrech nag arfer ar gyfer swper. Doedd Marged ddim yn hoffi coginio, felly bwyd sydyn fyddai'n ei baratoi fel arfer er na chlywodd erioed mo Wil yn cwyno. Agorodd botel o win coch fu'n llechu yn y cwpwrdd ers misoedd gan baratoi salad a cholslo i gyd-fynd â'r cyw iâr.

Cyrhaeddodd Wil adref am bump fel arfer. Synnodd o weld yr holl baratoi ar gyfer swper. Bwyta tecawê o flaen y teledu fyddai'r ddau ar nos Sadwrn. Cyrri poeth oedd ei ffefryn o ac mi fyddai'n piciad yn y car i'r bwyty Indiaidd am hanner awr wedi chwech i'w nôl. Wedyn gwylio rygbi ar S4C a *Casualty* ar BBC1 gan ddisgwyl canlyniad y loteri yn y canol.

'Ti 'di cael diwrnod da?' gofynnodd iddi.

'Prysur,' atebodd hithau. Gwyddai Wil fod prysur yn golygu pethau gwahanol i'r ddau.

'Ti'n cofio fod y tîm ieuenctid yn chwara ym Mangor bore fory ac angen codi'n gynnar arna i? Bydd rhaid i mi gofio am fy menyg cynnes,' meddai gan wenu.

Cofiodd ei fod wedi gadael ei fenyg ym mŵt y car ac aeth i'w nôl cyn bwyta. Agorodd y bŵt a gweld y cês yno. Cês Marged. Doedd hi ddim wedi dweud ei bod yn mynd i unman. Agorodd y caead a gweld ei fod yn llawn o'i dillad. I ble roedd hi'n mynd? Doedd hi rioed yn ei adael? Pam ei bod hi wedi gwneud bwyd sbesial? Roedd y cwestiynau'n byrlymu yn ei ben. Caeodd y bŵt yn sydyn ac anadlodd yn ddwfn, unwaith, dwywaith, teirgwaith. Arafodd curiad ei galon.

Cerddodd i mewn i'r gegin a gwên ffals ar ei wyneb.

'Ydan ni'n dathlu rhywbeth? Mae 'na ogla da yma. Ti isio bwyta wrth y bwrdd?' gofynnodd iddi, gan ddechrau poeni fod ganddi newyddion drwg i'w rannu efo fo.

'Na, mae ista o flaen y rygbi yn fy siwtio yn iawn. Mae'n job torri arferiad, yn tydi?' atebodd Marged.

Ti'n iawn, meddyliodd. Ydw i'n boring? gofynnodd iddo'i hun. Ydi hi 'di cael digon arna i? Ddylwn i fod wedi rhoi mwy o ymdrech i mewn i'n perthynas?

Torrwyd ar ei fyfyrdod pan ofynnodd Marged iddo dywallt gwydraid o win bob un iddynt, gan ddweud y byddai'r bwyd yn barod mewn dau funud.

Cariodd y ddau wydr gwaedlyd i'r lolfa gan eistedd yn y gadair freichiau. Am ba hyd y byddai'n medru dal i eistedd yn ei hoff gadair, meddyliodd. Taniodd y teledu a chyn iddo eistedd, bron, daeth Marged trwodd efo dau blatiaid llawn. Bu'r ddau yn cnoi'r cyw yn ara deg mewn distawrwydd. Roedd y cnoi yn ei fol yn gwasgu ar ei feddwl ac eto, ymddangosai popeth mor normal.

'Faint o'r gloch mae'r tîm yn cyfarfod yfory?' gofynnodd Marged.

'Hanner awr wedi wyth,' atebodd Wil. 'Dwi'n cael lifft efo Huw a Siencyn.'

Damia, meddyliodd, dwi'n chwarae i mewn i'w dwylo, yn gadael y car iddi.

'Mi fyddi'n esiampl dda i'n plant rhyw ddiwrnod,' meddai Marged. 'Mae'n amser i ni feddwl am ddechrau teulu a ninna wedi priodi ers tair blynedd. Mae Mam yn ysu am fod yn nain.'

Bron i Wil dagu ar y colslo. Dechrau teulu? Beth am y cês?

'Dwi 'di bod yn darllen tipyn am y busnes cnesu byd-eang 'ma'n ddiweddar ac mae gen i isio bod yn esiampl i 'mhlant hefyd. Felly dwi 'di bod yn gwagio fy wardrob a rhoi llond cês o ddillad ym mŵt y car i fynd i'r siop elusen fore Llun, ac arbed petrol heno drwy goginio adra.'

Gwenodd Wil. Gair da ydi 'adra', meddyliodd.

19

Gytre

MIRIAM ELIN JONES

Penwythnos â dim wedi'i drefnu. Rhag i ni orfod treulio'r amser gyda'n gilydd, fe aeth 'O' am 'adra' ac fe benderfynais i fynd 'gytre'. Ffarwelio â'r tŷ rhent yn Grosvenor Street, dal trên o Central a gweld y llwydni'n gloywi'n wyrdd wrth i'r strydoedd doddi'n gaeau. Gwylio'r ceir yn prinhau ar hyd yr hewlydd, a'r hewlydd hynny'n colli'r pwythau gwyn arferol yn eu canol a dechrau raflo a throi a throsi'n droeon di-ri. Ac wrth bellhau o'r mwg, mae'r aer yn clirio. Dwi'n anadlu. Teimlo'n wahanol. Yn meddwl eto.

Iesu, ro'n i'n edrych mlân at ginio dydd Sul Mam (a Yorkshire pwds Anti Bessie). Teimlo'r faich yn cwmpo o'n sgwyddau wrth ei gweld hi wedi parcio'r Ford Fiesta reit wrth fynedfa stesion Gyfyrddin yn barod i 'nghasglu, bocs bwyd o ddanteithion yn barod ar sedd y teithiwr. Ugain munud o siwrne oedd hi, ond fytes i'r siocled a'r crisps yn awchus gan fwynhau'r maldod. Roedd hi'n ddechre ar benwythnos o fecso dim am dalu bils a phlesio pobol eraill.

'Popeth yn iawn?'

Nodio. Gweud dim. Dim nawr, ta beth.

'Gwaith yn iawn?'

Ateb yn gwrtais.

'Popeth yn iawn yn y tŷ?'

Cadarnhau bod y waliau'n dal i sefyll.

'Ti'n iawn am arian?'

'Odw, onest.'

'Geth yn iawn?'

Dwi'n gwbod ei bod hi'n trio twrio. Dwi'n nodio eto. Mae hynny'n ddigon am y tro. Mae hi'n troi at drafod y ddwy fam-gu, hanes Wncwl Pete ac Anti Pat. Sôn am y gadair newydd mae hi wedi'i phrynu ar gyfer yr ystafell fyw, a sôn am glecs y criw gwaith.

Gytre, mae'r tŷ fel pìn mewn papur, a sai'n gwbod sut mae hi'n llwyddo i wneud hynny. Bod yn ddigon cydwybodol i swilo'r llestri cyn eu rhoi yn y *dishwasher*. Ffeindio'r egni i ddidoli'r olch yn bentyrrau amrywiol. Gwahanu'r dillad gwynion a'r dillad tywyll rhag iddyn nhw gwmpo mas a chleisio'i gilydd yn y peiriant. Mae Dad yn landio o'i waith yntau. Tynnu'i sgidiau, llenwi'r stafell ag oglau'i draed a setlo yn ei sedd. Mae'r swper yn y ffwrn, a hithau'n dechre gyda'r smwddio ac yn cynnig gwneud fy ngolch i petai angen... Does dim sôn am bwdu yma. Dim ond fi oedd yn gwneud hynny, slawer dydd, pan o'n i'n dal i fyw dan yr un to. Does dim streso. Does dim cracio'n ddarnau mân a chrio. Dwi erioed wedi'i gweld hi'n taflu unrhyw beth at Dad. Dwi ddim yn credu iddi weud wrtho am godi off ei din a gwneud rhywbeth i'w helpu erioed. Falle 'mod i'n disgwyl gormod. Falle bod angen i fi roi'r gorau i drydar bod bod yn oedolyn yn orchwyl anodd a jyst delio gydag e.

Wrth i mi feddwl am ba mor braf fyddai aros yma mewn swigen fach, bod yn blentyn eto, a Mam yn dal i dendio arna i ac yn fy nysgu i sut i fyw mor ddedwydd, daw'r tecst.

🖂 Dwi'm yn dwad yn ol.

Tecst diymdrech. Dim acen grom ar yr 'o' na chusan wrth

gwt y neges. Jyst datganiad. Plwmp, plaen ac uffernol o salw. Dim ystyriaeth o beth fyddai'n digwydd i'r tŷ. I'n pethau ni. I fi.

Hwnnw 'adra' a finne 'gytre'... wel, doedd ond un ateb amdani.

✉ Gwd.

20

Does unman yn debyg i adre

Heiddwen Tomos

'Hi, Miss, you alright?'

Chi'n gweld, ma gweud wrth rywun yn helpu, medde *social worker* fi... a dyna pam dwi fan hyn yn siarad â Miss. Dwi ddim yn meddwl ei bod hi am weld fi. Chi'n gwbod fel ma nhw – staff. Ond mae hi'n olreit. Wastad yn edrych fel bod hi'n gwrando, er falle bod hi wedi switsho off jyst cyn i fi gymryd un o'r seddi lawr off y ford. Ma'r *cleaners* wedi bod 'ma, chi'n gweld. Rhoi *good clean* i'r lle dros y gwylie. Tynnu gwm cnoi off o dan y fordydd a rhwbio'r graffiti off y welydd. Dwi'n eistedd ac mae Miss yn edrych arna i gyda'r llyged 'na mae'n rhoi i blant yr Hafan a'r rheini sydd yn mynd at y cwnselydd o hyd. *Loads* o ni'n mynd fan 'ny. Dwi'n joio mynd. Weithiau fe af i jyst i ga'l sgeif. Dwi'n codi fy nghoes fel bod un jyst yn pwyso ar ei ford hi. Lot o lyfrau arni hefyd. *Not one for marking is Miss.* Mae siŵr o fod wedi'u casglu nhw a mynd â nhw adre dros y gwylie, dim ond i ddod 'nôl â nhw fel ma nhw. Mae'n edrych yn gwd, yn dyw e? Prif yn watsio, chi'n gweld – pwy sy'n marcio adre a phwy sydd ddim.

Ac mae hi'n gofyn i fi ydw i'n olreit ac edrych ar yr un pryd ar ei e-byst neu rywbeth.

'Gest ti Ddolig bach neis, Steph? Santa wedi galw?'

Ie, rhywbeth fel'na, dwi'n meddwl, ac wedyn dwi'n ca'l pip ar y llun 'ma o'i phlant hi ar y wal. Tri ohonyn nhw. Tri. Crwt a dwy groten. Sai'n cofio beth oedd eu henwau nhw, mae wedi gweud rhyw dro yn y wers Saesneg pan o'n ni'n siarad am *poetry*. Enwau rili Cymraeg. Dwi'n gwd yn *poetry*. *Random* fi'n gwbod, ond Miss wedodd wrtha i bod fi'n gwd. Mae'n neis bod yn gwd weithiau.

Neis cael teimlo fel'na... a dwi'n cnoi fy mysedd. Cnoi gewin fy mys bawd, reit lawr i'r bôn achos ma hwnna'n hala fi i deimlo rhywbeth hefyd. Dwi wedi tynnu'r gewin ac mae e'n dechrau gwaedu tam' bach ac mae Miss yn mestyn bocs macynon papur i fi, jyst fel'na, heb fod hyd yn oed rhaid i fi ofyn am un. A dwi moyn gweud bod hi siŵr o fod yn fam dda. Chi'n meddwl? Fel'na ma mame i fod, mame pobl eraill.

'*Kids* chi wedi ca'l popeth o'n nhw'n moyn, Miss? Xbox, iPhones?'

Mae'n twymo i gyd. Ei hwyneb hi'n gwenu fel haul neu rywbeth. (Wedes i bo' fi'n gwd yn *poetry*.) Ac mae Miss yn gweud eu bod nhw wedi cael Dolig tawel eleni... wedi bod yn cerddded y côst a rhedeg i mewn i'r môr ar ddydd Calan. Dwi'n chwerthin a gweud bod hynna'n stiwpid, i sythu heb fod raid. Dwi'n teimlo'r oerfel ac yn tynnu fy hwdi dros fy nghlustie. Cwato fy ngwallt, achos ges i ddim cyfle i'w olchi fe'n iawn ers i fi symud. Ac mae Miss yn gweud mai'r peth gore ga'th hi gyda'i gŵr oedd tân yn y ffrynt rŵm. *Wood burner*. Jyst bod hi ddim yn ei alw fe'n ffrynt rŵm, ond 'gegin ore' neu rywbeth, ac fe wedodd hi bod nhw'n cynnu tân ynddo fe yn gynnar gan eu bod nhw adre drwy'r dydd dros y gwylie ac wedyn mae'u plant nhw yn cael dewis eu hoff bryd bwyd – pitsas neu *whatever* – ac ma nhw'n eistedd ar y carpet o flaen y tân mowr

mae'n neis bod yn gwd weithiau
wedodd Mam bo' fi out of control

yn y ffrynt rŵm ac yn bwyta fel'na. Fel teulu. Chillo mas. Fel teulu. A dwi'n trial meddwl pam na allen ni fod fel'na.

Dwi'n eistedd fan hyn yn gwasgu'r macyn papur rownd a rownd a rownd yn dynn a meddwl i beth ddiawl ddes i mewn i'w dosbarth hi o gwbwl, ac wedyn dwi'n ei gweld hi'n codi a gweud rhywbeth am fynd. 'Cyfarfod bore', fi'n credu, a dwi moyn gweud. Dwi moyn gweud wrthi, er mwyn i fi gael teimlo'n gynnes ac yn gwd am unwaith 'to. So fe wnes i. Fe dynnes i fy nghoes lawr o'r ford lle roedd ei llyfre hi a gweud e, fel oedd e.

'Fi yn *foster care* nawr, Miss. *Been there* dros Dolig.'

Dwi'n edrych ar yr hen gardiau Santas *handmade* yn y bin a'r fflwcs tinsel sydd yn pôco mas o dop y drâr lle mae'n cadw'r sticeri 'Gwaith da', a dwi'n edrych wedyn arni hi... ac mae ei hwyneb hi wedi newid. Mae ei llygaid hi'n edrych reit arna i. Nid ar ei e-byst. Ac mae'n eistedd ac yn anadlu mas fel trueni neu rywbeth... a dwi'n gweud wrthi bod fi'n olreit, fel 'se fe'n ddim byd gwerth siarad amdano, er bod fi heb weld fy mrodyr bach ers un deg pedwar diwrnod. A hanner.

Mae hi'n ysgwyd ei phen yn drist... Sai wedi gweld Mam chwaith, am nad yw hi am fy ngweld i ragor. Wedodd Mam bo' fi *out of control.* Bod hi ffili côpo ddim mwy. Ac mae Miss, weden i, yn mynd i neud rhywbeth... Cwtsho fi, falle? Fel fydde hi wedi neud i un o'r Gronws yn y llun ar y wal. Ond nath hi ddim. Nath hi ddim hyd yn oed wasgu'n llaw i. Achos mai dim ond Miss yw hi i fi, a dyw hi ddim i fod.

21

Adra

CASIA WILIAM

Ddigwyddodd 'na ddim byd penodol. Dim byd ofnadwy. Ella fod hynny wedi gneud yr holl beth yn waeth.

'Reit, ti bron yn barod i bwsio, ocê, cyw?'

Dwi'n cofio mynd i dŷ ffrind, jyst mynd yno ar ôl 'rysgol ryw dro, heb ddweud o flaen llaw na dim byd, ac roedd ei mam hi wedi gneud te. Te. A dim plant bach oeddan ni chwaith. Roedd hi wedi gneud sgons, a 'di trafferthu rhoi llefrith mewn jwg.

'Ar ôl tri, gwthia lawr, ocê? Fatha 'sat ti'n trio gwneud pw. Iawn? Ffwrdd â ni 'ta.'

Mae'n od, sut ti mond yn gweld dy fywyd dy hun yn iawn ar ôl gweld mwy ar fywydau pobl erill.

Ffrind arall, pan oedd hi'n fach, roedd ei thad hi'n arfer rhoi'i phyjamas hi ar y *radiator* am awran cyn amser gwely, fel eu bod nhw'n gynnes neis pan oedd hi'n amser newid iddyn nhw.

Pan oedd pobl yn dweud petha fel'na o'n i jyst yn cnoi 'ngwinadd.

''Na chdi, da iawn, jyst fel'na. Ti'n neud yn grêt. Da iawn, blodyn.'

Ti jyst ddim yn gwbod ar y pryd, nag wyt? I fi a Taran, roedd o jyst yn normal. Ella'i fod o'n normal i lot o bobl, dwi'm yn gwbod.

'Da iawn, dal ati. Mae'r pen yn dod i lawr yn reit isel pan ti'n pwsio. Da iawn, dal i fynd. Anadla'n ddyfn.'

*

'Nag oes, sgenna i'm stori i chdi, a hyd yn oed tasa gin i un fasa genna i'm nerth i'w darllan hi. Ma 'nhraed i fatha brics, ar fy marw. Dwi'n sefyll tu ôl i'r cowntar 'na ers han 'di saith bora 'ma, a 'sa'm gair o ddiolch i ga'l gin neb. A fydda i'n cychwyn allan eto mewn blydi awr i ddechra gweithio eto. Felly NAG OES, sgenna i'm blydi stori. Gofyn i dy frawd.'

Mae'n siŵr y basa pob dim wedi gallu bod yn reit wahanol, tasa Dad heb adael, y *shitbag* iddo fo. Ond gadael nath o, gadael gwraig a dau o blant a mynydd o *final warnings*. Doedd gin Mam ddim dewis am wn i, doedd 'na neb arall yna i helpu. Ond dwi'm yn gwbod os na hynny – yr holl weithio – os na hynny nath newid sut oedd hi efo ni. 'Ta os na fel'na oedd hi erioed. Fedra i'm cofio sut oedd hi cynt.

*

'Iawn, ti'n pwsio ers tipyn 'ŵan, cyw, a 'di'r babi 'ma ddim i weld isio dod allan. 'Dan ni'n ama'i fod o'n gwynebu i'r ochr, so ma hynny'n gneud hi'n anodd iddo fo ddod i lawr. S'im isio panics 'ŵan, fydd bob dim yn iawn ond ella bydd raid i ni ddechra meddwl am opsiyna erill.'

Wyt ti'n newid fel person os ti'n cael dy orfodi i fyw rhyw fath o fywyd, bywyd na doeddach chdi ddim wedi'i ddychmygu i chdi dy hun?

'Chest ti rioed gam. Na dy frawd. Chafoch chi rioed gam.'

Fedra i glywed ei llais hi rŵan. Ond do'n i ddim wedi dweud dim byd am gael cam. Dim ateb cwestiwn oedd hi. Jyst dweud. Ac mewn ffordd, mi oedd hi'n dweud y gwir, am wn i. Roedd 'na swpar ar y bwrdd, roedd 'na ddillad ysgol, roedd 'na bresant pen-blwydd. Ond doedd 'na ddim te bach, doedd 'na ddim pyjamas cynnas. Doedd 'na ddim stori.

'Reit, 'dan ni am fynd â chdi mewn i theatr, ocê, cyw? Jyst rhag ofn bydd rhaid i'r babi gael chydig o help i ddod allan. Ella fydd dim angen, cofia, ond ma'n well i ni fod yn y theatr rhag ofn. Rown ni top-yp ar yr epidiwral 'ŵan, paid â phoeni.'

A does 'na'm byd gwaeth na phoen ti'n methu rhoi bys arno fo. Problem sy'n dy gadw di'n effro ond ma'i fwy fel breuddwyd na dim arall, fel rhyw niwl. Poen sy'n powndio trwy dy gorff di fel gwaed ond does 'na'm diferyn o'r stwff i'w weld yn nunlla. Bron 'sat ti'n deud 'sa'n well gen ti gael dwrn reit yn dy drwyn.

Wnes i rioed sôn wrth neb, tan i fi gyfarfod Blake. O'n i'n gwbod y basa fo'n gwrando a ddim yn beirniadu, ac mi o'n i'n iawn. A nath o ddim diystyru'r peth chwaith. Nath o jyst gwrando, ac ar ôl cyfarfod Mam nath o roi enw ar y peth. *Emotional neglect*. Dyna nath o'i alw fo.

O'dd o'n meddwl ella bod Mam yn awtistig, bod hi ddim wir yn gallu amgyffred teimladau pobl erill. Mi fasa hynna'n esbonio lot. Ond hyd yn oed taswn i'n ddigon dewr i drafod hynna efo hi, tydi hi ddim yma rŵan beth bynnag. Hi na Blake.

'Reit, 'dan ni am orfod rhoi episiotomi i chdi, iawn, cyw? Ti'n cofio be ydi hynna? Est ti i'r gwersi NHS? Jyst cyt bach, 'nei di'm teimlo dim byd, jyst i neud o'n haws i'r babi ddod allan.'

Ond dim ots nad ydyn nhw yma. Dim ots. Dim ond hi sy'n bwysig rŵan. Hi a fi. Y berthynas yma. Yr un sydd wedi dechrau ers naw mis a'r un fydd yn mynd am byth. Yr un fydd yn llawn o storis pen a storis llyfr, a chwarae tŷ a chwarae cuddio a chwarae trêns, a wedyn sgwrsio a cherdded a dawnsio a mwydro a chwerthin a gwrando a rhannu profiadau a dysgu a teimlo a trio. Trio bob diwrnod. Trio bob eiliad.

''Na fo, 'dan ni bron iawn yna! Gei di gyfarfod hi mewn dau funud 'ŵan!'

Dwi'n clywad fy hun yn nadu, ond mae hynna'n iawn

hefyd, achos iddi hi mae'r sŵn yma, iddi hi. Iddi hi mae'r boen a'r ymdrech. Dwi'n gaddo rhoi bob dim iddi hi, gan ddechra rŵan.

'Llongyfarchiadau! Dyma hi, dy hogan fach di! Oooo, mae mor berffaith, yli, sbia del ydi! Rydan ni jyst angen ei phwyso hi a ballu yn sydyn, sydyn iawn, ocê? Fydd hi yn dy freichia di mewn dau funud. Wyt ti'n ocê, cyw?'

Dwi'n aros trwy eiliadau'r oesoedd.

'Dyma hi! Sgen ti enw iddi hi?'

Mae 'mreichiau fi'n cloi amdani.

'Dim eto. Nag oes, dim eto.'

22

Cwlwm cartref

RHIANNON LLOYD WILLIAMS

Ar wahân i'w fam, nid oedd neb yn gwybod enw go iawn Llywelyn Williams. Ond roedd mam Llywelyn wedi marw ers blynyddoedd lawer bellach ac nid oedd yr un berthynas arall ganddo. Dim brodyr. Dim chwiorydd. Dim rhieni. Dim plant.

Roedd pawb yn adnabod Llywelyn fel Li Wei. Neu'r hen ddyn oedd â Parkinson's. Y naill ffordd neu'r llall nid oedd neb llawer yn siarad ag e. Dim ond dau berson y byddai Llywelyn yn siarad â nhw o ddydd i ddydd – y derbynnydd gyda'r gwallt sinsir a nyrs o'r enw Geming. Bob bore Sul, byddai Llywelyn hefyd yn siarad gyda'r babanod newydd-anedig ond ni fyddai'n cyfri'r rhain fel sgyrsiau gan na fyddent yn ymateb rhyw lawer i'w drafodaethau, dim ond creu synau annealladwy yn achlysurol. Er hyn, gan amlaf, y synau annealladwy hynny a fyddai'n cynnig y cyngor gorau iddo.

Roedd Llywelyn ar ei ffordd i enwi babanod newydd y dydd Sul glawog hwnnw yn ysbyty Jiàotáng Yi Wàn, ei ail gartref, pan ymddangosodd Geming o ward yr henoed.

'Clywed bod hi'n ddiwrnod olaf rhywun heddiw,' oedd cyfarchiad Geming.

'Shwt 'nest ti ffindo mas?'

'Nath y derbynnydd sôn bore 'ma. 'Di sylwi bod Enwydd newydd yn dechre diwedd wythnos nesa,' eglurodd Geming wrth wyneb syfrdan Llywelyn.

Roedd Llywelyn wedi gobeithio na fyddai neb yn darganfod ei fod yn ymddeol y diwrnod hwnnw. Er hynny, dylai deimlo'n lwcus fod rhywun wedi sylwi, heb sôn am fecso am y peth. Roedd cyfeillgarwch yn rhywbeth prin y dyddiau yma.

'Dyma ti, ta beth. Mwynha dy ymddeoliad. Mor genfigennus!'

Trodd Geming ar frys i lawr ward yr henoed, at synau marwolaeth, gan adael Llywelyn yn sefyll yn stond yn dal blodyn. Rhywbeth arall prin y dyddiau yma. Ynghlwm wrth y blodyn melyn roedd nodyn. Arno roedd cyfeiriad wedi'i ysgrifennu yn yr hen iaith, yn yr iaith nad oedd Llywelyn wedi'i chlywed na'i darllen ers iddo golli ei enw go iawn. Hafod y Grug, Yr Eglwys Wen, Efrog, SA12 0HP. Edrychodd o'i gwmpas yn gyflym i weld a oedd unrhyw un arall wedi sylwi ar y nodyn nad oedd mewn Mandarin. Yn reddfol, cydiodd yn dynn yn y label enw ym mhoced fewnol ei siaced a phendronodd ynghylch sut roedd Geming yn gwybod am ei fwriad.

Syllodd Llywelyn i lawr ward yr henoed yn y gobaith o ddod o hyd i'r ateb, ond cyn iddo gael cyfle i ddilyn Geming sylwodd ar y cloc uwchben y ward a oedd yn dynodi ei fod yn hwyr i'w waith. Nid oedd Llywelyn yn hwyr i unrhyw beth fel arfer. Rhuthrodd i lawr coridorau tywyll yr ysbyty gan drio osgoi'r mathau gwahanol o hylif ar y llawr.

Cyrhaeddodd Llywelyn ward y babanod gyda llinell o chwys ar hyd ei dalcen ac uwchben ei wefus, ac un diferyn tew o chwys yn rhedeg yr holl ffordd i lawr ei gefn. Cymerodd funud gyfan i edmygu casgliad y bore. Gwyrodd ei ben i'r dde. Nid oedd Llywelyn yn gallu edrych ar fabi heb wyro'i ben i'r ochr gan wenu. A hynny, bob tro, i'r ochr dde. Roedd rhywbeth mor llon am fywyd newydd ac am ddiniweidrwydd y sgrechian a'r chwerthin a ddôi o'r ysgyfaint pwerus. Yr anymwybyddiaeth o'r byd o'u cwmpas oedd un o hoff bethau Llywelyn amdanynt.

Pedair rhes o ddeg bachgen ac un ferch. Dyna oedd casgliad y bore. Dechreuodd ei waith trwy enwi'r bechgyn. Un wrth un tynnodd enwau'r dydd allan o'r cwdyn wrth ei ochr a'u clymu wrth bigyrnau'r babanod. Roedd Llywelyn wedi cyrraedd ar amser da. Roedd pob un babi'n cysgu'n braf.

Enwodd un bachgen yn Ai Bai gan glymu nodweddion cariadus a phur i'w gymeriad. Enwodd fachgen arall, a oedd yn crychu'i dalcen wrth gysgu, yn Huizhong gan glymu nodweddion clyfar a ffyddlon i'w gymeriad. Rhoddodd yr enwau Qiang a Xing i'r efeilliaid na fydden nhw'n efeilliaid am hir. Torrodd calon Llywelyn wrth weld y ddau'n dal yn dynn yn ei gilydd yn eu crud. Y ddau'n anadlu i'r un rhythm nad oedd yr un baban na pherson arall yn ei glywed. Wrth fwytho'r flanced o'u cwmpas, a oedd yn amlwg wedi'i gwneud â llaw gan ryw aelod o'r teulu, gwylltiodd wrth reolau annheg y byd. Roedd hi am fod yn dasg anodd i'r rhieni ddewis rhwng y bechgyn – un â nodweddion pŵer ac egni wedi'u plethu'n rhan o'i enaid tra bod y llall â nodweddion llewyrch a goleuni wedi'u plethu'n rhan o'i enaid yntau. Anodd. Yn enwedig gan eu bod yn fechgyn. Pethau prin a gwerthfawr oedd merched. Nid yn unig ym mywyd Llywelyn ond yn y byd hefyd.

Ar ôl hanner awr roedd Llywelyn wedi cyrraedd y ferch. Yr unig fabi oedd wedi deffro, a'i llygaid glas yn syllu'n ddwfn i mewn i'w enaid. Yr eiliad honno, roedd Llywelyn yn gwybod mai hon oedd yr un. Yr un i gadw'r iaith yn fyw. O boced fewnol ei siaced, tynnodd label enw personol gan anwybyddu'r cwdyn cyfan o enwau Mandarin i ferched wrth ei ochr.

Cyflymodd curiad ei galon. Teimlodd y gwaed yn pwmpio i lawr ochr dde ei wddf. Roedd ei ddwylo'n crynu'n fwy nag arfer wrth iddo gysylltu'r enw wrth bigwrn y babi. Nid oedd Llywelyn wedi teimlo fel hyn ers sawl blwyddyn. Y tro diwethaf iddo deimlo mor benysgafn oedd yn y rali cynhesu byd-eang ddiwethaf iddo'i mynychu, 'nôl yn 2020. Ond dyna'r broblem. Bryd hynny, roedd pawb yn rhy brysur yn brwydro dros y blaned yn hytrach na'i hieithoedd. Rhy brysur yn brwydro dros bethau eraill pwysig nes i un frwydr gael ei hanghofio. Unig oedd y byd mwyach. Un partner. Un plentyn i bob cwpwl. Un cartref. Un swydd. Un bywyd. Un iaith.

Ond dim mwyach.

Clymodd yr enw Arianrhod o gwmpas pigwrn y ferch bwysicaf erioed, gan glymu nodweddion pŵer a ffrwythlondeb i'w chymeriad. Cymerodd un olwg arall ar dduwies newydd yr iaith – yr iaith na châi fyth ei hanghofio – cyn rhedeg o'r ysbyty am Hafod y Grug, ei gartref newydd.

23

Gartref

Mari George

Doedden nhw erioed wedi cocsa ar ddiwrnod Dolig. Ond torrwyd pob rheol adeg Dolig 1920. Dolig oer. Dolig oedd fel rhyw lyfr lloffion llawn hunllefau, gyda phobl yn galw â'u geiriau a'u bara brith. Ni chlywodd Wini gymaint o eiriau neis yn ei bywyd. Roedd fel petai rhaid dweud rhai geiriau adeg marwolaeth fel ag yr oedd rhaid rhoi cwrens mewn bara brith. A pha fenyw allai feddwl am fwyta tra bod ei gŵr hi'n gorff yn y parlwr? Serch hynny, diolch yn boléit am yr holl gacennau wnâi Wini.

Cerddodd Wini gydag Elsi ei merch dros y tywod. Teimlai Wini fel tynnu ei hesgidiau a cherdded dros y graean mân, miniog a thorri'r croen nes teimlo poen a fyddai'n gwneud iddi grio...

Roedd Elsi ar fin esgor. Roedd ei bola mor fawr nes y bu'n rhaid clymu rhwymyn yn dynn amdano i'w gadw yn ei le. Aeth hi ar ei chwrcwd a cheisio symud y dŵr oddi ar wyneb y tywod er mwyn chwilio am olion anadlu'r cocos. Gwelodd swigod bach, bach yn ebychu o'i blaen a phalodd dwll i mewn i'w cartrefi â'i rhaw fach ond daeth dŵr y môr yn ôl fel troed i'w lenwi.

Gwelai Wini effaith yr wythnos ddiwethaf yn graith ar wyneb ei merch. A druan â'r babi newydd yn clywed a theimlo pob cic ac ergyd o'r tristwch. Ond dyna sut oedd hi. Doedd dim modd dadlau â'r môr na marwolaeth.

''Ma beth yw Dolig,' meddai Elsi. 'Ni'n od, 'na beth wedith pawb... yn gadael Dad a mynd mas rhwng marw ac angladd.'

'Wedith neb ddim.'

'Fe wedith Elisabeth. Roedd hi'n meddwl ei bod hi'n od bo' ni ddim yn byta cinio Nadolig.'

'Fydden ni'n fwy od 'sen ni'n eistedd, dim ond ni'n dwy, rownd ford a joio cinio mawr.'

'Hen fenyw ewn yw Elisabeth,' meddai Elsi.

'Mae ei chalon hi yn y lle iawn,' meddai Wini.

'Chi'n gweld y gorau ym mhawb. Dyw hi ddim wedi bod draw i'n gweld ni...'

'Fe ddaw hi...'

Plygodd Wini ei phen a dechrau rhofio llond llwy haearn o gocos i mewn i'r rhidyll a'u golchi â dŵr y môr, cyn eu harllwys fel dannedd siaradus i fwced.

'Digon. Mae'r teid yn troi,' meddai Wini gan godi'r bwced a'i osod ar y cart. Dringodd y ddwy i flaen y cart a thynnu carthen am eu côl, rhoi chwip ysgafn i'r asyn ac ymlwybro'n ôl i'r tŷ.

Roedd paratoi'r cocos yn ddefod. Roedd hi'n bwysig diosg y tywod. Doedd dim yn waeth i brynwr na chnoi cocosen a chael ambell ronyn o dywod i'w crensian yn y fargen. Gwyliodd Elsi ei mam yn golchi'r cregyn ac ôl ei modrwy briodas ar ei bys fel darn o'r haf. Gwaith Elsi oedd berwi padell o ddŵr uwch ben y tân glo ac arllwys y cocos glân i mewn iddi. Ar ôl ugain munud ar y tân, byddai'r cregyn yn agor a gwichiadau main eu marwolaeth yn atseinio drwy'r tŷ. Byddai'r arogl yn dew fel atgofion, yn glynu wrth bob mat a chwilt a chyrten.

Wrth iddyn nhw arllwys y cocos drwy'r rhidyll, gydag un yn dal y rhidyll a'r llall yn arllwys, siaradai Wini ac Elsi drwy gwmwl o stêm.

'Dyw'r babi ddim yn symud lot yn ddiweddar,' meddai Elsi.

'Crwtyn,' gwenodd Wini'n chwareus.

'Erbyn i Dic ddod adre o Lundain bydd y babi'n hen,' meddai Elsi.

'Allith e ddim neud dim am yr eira,' atebodd ei mam yn warchodol. Roedd ei mam mor deg â phawb. Gwyliodd hi'n cario dau fwcedaid o gregyn gwag i waelod yr ardd a'u gwasgaru yno. O bell, edrychai'r patsyn yna o'r ardd fel mynwent llawn cerrig beddi.

Yn sydyn teimlodd Elsi fflach o boen yn ei chroth. Meddyliodd am Dic ond ni allai weld ei wyneb. Daeth ei mam i'r gegin a golchi ei dwylo. Gwyliodd Elsi wylan yn glanio'n fawr ac yn wyn ar y cregyn yn yr ardd. Twriodd drwyddyn nhw â'i phig a dod o hyd i un gocosen anghofiedig.

Teimlodd Elsi'r boen yn ei thrywanu fel cyllell.

'Credu af i orwedd ar y gwely,' meddai.

Sylwodd Wini ar boenau esgor yn ei symudiadau wrth iddi ddringo'r grisiau.

Daeth cnoc ar ddrws y gegin. Cyn i Wini droi, roedd dwy droed yn y tŷ. Traed Elisabeth.

'Iw-hw!'

Roedd hi'n cario plât â lliain streipiog glas drosto a gwenodd Wini'n groesawgar wrth estyn am y plât. Ond gosododd Elisabeth ef ar y bwrdd bach ac edrych ar y lle tân.

'Dim tân?'

Crychodd Elisabeth ei thrwyn a syllu ar y gegin. Roedd hi'n amlwg yn gwynto'r cocos er nad oedden nhw i'w gweld yn unman. Roedd hi wedi sylwi ar y stof oer a'r bwrdd gwag.

'Ma'n ffwrn ni wedi torri. Mae'n ddydd Nadolig,' meddai fel pe na bai Wini'n gwybod. 'Wedodd Elsi gynne nad o'dd twrci 'da chi leni. A chi ddim yn dathlu...'

Tynnodd y lliain oddi ar yr hyn y bu hi'n ei gario gan

ddatgelu hwyaden a menyn a phupur a halen yn ei britho.

'A fyddech chi'n folon i fi ei rhostio hi yn eich ffwrn chi fan hyn?'

Edrychodd Wini arni'n syn.

'Wrth gwrs,' meddai wedyn gan fynd at y stof i'w thanio. 'Dof i hôl hi mewn awr neu ddwy.'

Cyn iddi ddiflannu drwy'r drws, taflodd wên at Wini.

'Diolch i ti, Wini. O'n i'n meddwl ar un adeg mai hwn fyddai'r Dolig gwaetha erio'd.'

O'i llofft, clywodd Elsi'r drws yn cau. Yn sydyn, rhwygodd y boen fwyaf arteithiol drwyddi a chipio'i hanadl.

Clywodd sŵn traed sanau ei mam ar y grisiau pren. Gwelodd y drws yn agor a'i mam yn sefyll yno. Cododd Wini hi ar ei heistedd a rhwbio'i chefn.

'Po fwya'r boen, mwya yw'r cariad,' meddai.

Cnodd Elsi gornel y flanced ac ysgyrnygu a griddfan. Clywodd sŵn y cocos yn cosi a gwelodd draethau ei phlentyndod. Clywodd y môr a'i gregyn, clywodd lais ei mam. Meddyliodd am ei thad yn gorwedd yn y parlwr a gwaeddodd ac wylodd am yn ail.

Yn arogl cinio Dolig rhywun arall yn rhostio o'i chwmpas, wylodd Wini hefyd.

24

Aros adra

MARED FFLUR JONES

'Ty'd rŵan, Twm bach, dos i newid.'

''Misio mynd i weld hi.'

'Fyddi di'n teimlo'n well ar ôl cyrradd.' Ceisiodd Eleri gysuro'i mab, a thawelu ei meddwl ei hunan. Teimlai'n euog yn torri ar draws ei chwarae, ac yntau'n edrych mor fodlon yn ei fyd bach ei hun yn arwain y gwartheg bach plastig i mewn i'r sied dros y gaeaf a'r ffarmwr bach ar eu holau.

'Fyddwch chi ddim yn hir, 'sti,' ceisiodd eto, er nad oedd hi eisiau iddo fynd mwy na chur yn ei phen.

Edrychodd arni fel petai hi newydd osod platiaid o gachu cath ar dost o'i flaen a'i annog i'w fwyta'n ginio.

'Dwi'm yn goro grando ar ti eniwê, dim ti 'di mam go iawn fi,' meddai Twm gan bwysleisio pob gair yn unigol, cyn ei heglu hi i'w stafell i guddio.

Teimlodd Eleri ei eiriau yn ei tharo fel gordd. Mor greulon y gallai geiriau plentyn fod. Ond nid ei fai o oedd hyn, meddyliodd wedyn. Dim ond dweud y gwir oedd o – dyna oedd yn brifo fwya – er mai hi oedd yno i sychu'i ddagrau, i weld ei lwyddiannau, ac i ddwrdio'r diawl bach pan oedd angen. Er ei bod hi'n ei garu â'i holl enaid, cariad na wyddai bod modd ei deimlo, nid hi roddodd enedigaeth iddo. Hi oedd ei fam ym mhob diffiniad o'r gair, oni bai am yr un manylyn pwysig hwnnw.

Wedi cyfnod o syllu'n eiddigeddus ar y gwartheg yn nedwyddwch eu gwely o wair wedi'i greu o bapur sgrap, perswadiodd Eleri ei hunan i ymresymu un waith eto. Meddyliodd pa mor braf fyddai cyfnewid lle gyda buwch yr eiliad honno. Ymlwybrodd tuag at guddfan Twm. Roedd yn rhaid iddo fynd i weld ei fam heddiw, neu byddai Nia'r Swyddog Achos ar y ffôn cyn diwedd yr wythnos.

'Allwn ni fynd i'r caffi 'na ti'n licio ar y ffor' adra, os tisio. Ti'n gwbo', yr un efo pop mewn poteli gwydr?' mentrodd Eleri, gan sicrhau ei bod yn aros un cam y tu ôl i'r drws.

'Ddim yn bol ti nath fi tyfu, na, Mam?' gofynnodd Twm, yn amlwg wedi ystyried y cwestiwn yn ofalus iawn cyn gofyn.

'Naci, cariad,' atebodd Eleri yn llawn edmygedd o ddewrder ei bachgen bach.

'Yn bol mam arall fi?'

Cytunodd Eleri a'r dagrau'n cronni yn ei llygaid. Eisteddodd ar waelod y gwely, gan wasgu Spiderman yn y broses.

'Ers pryd dwi fa'ma efo ti a Dad? O'n i'n babi bach?' holodd eto.

'Ddim cweit babi bach, ond doeddet ti ddim yn hen iawn chwaith! Tua'r un oed â Caio bach drws nesa,' atebodd Eleri a'i llais bron iawn â thorri.

Syrthiodd tawelwch dros yr ystafell. Gwelai Eleri'r difrifoldeb ar wyneb ei mab wrth i'w feddwl bach rasio i feddwl am gwestiwn arall i'w ofyn.

'Sâl 'di mam arall fi, ia, Mam?'

Lloriwyd Eleri a daeth tawelwch fel tarth trwchus i oeri'r ystafell unwaith eto. Beth oedd hi i fod i'w ddweud? Dweud y gwir wrtho a dweud nad oedd hi'n ffit i edrych ar ôl ei hunan heb sôn am blentyn? Ond beth petai hi'n dweud celwydd wrtho, ac yntau'n cofio rhywbeth amdani? Cofio cael ei strapio yn y goetsh o fore gwyn tan nos efo potel o laeth a bisged Bourbon yn ei law, tra oedd ei 'fam' yn difyrru ei hun mewn ffyrdd amgen.

'Ia, 'na ti,' atebodd ymhen hir a hwyr, a'i chalon yn curo fel peth gwyllt. 'Ti'n gwbo' pan ti'n mynd i helpu Yncl Emrys adag wyna, a weithia ma 'na ddafad yn ca'l mwy nag un oen yr un pryd, does? Weithia dydi'r fam ddim yn gallu edrych ar ôl y ddau neu dri oen yn iawn, nacdi, a ma Yncl Em yn rhoi un o'r ŵyn efo dafad arall sy 'di colli un o'i hwyn bach hi, dydi? Wel, rwbath fel'na 'di o, 'sti.'

'Bechod 'de,' meddai Twm, fel hen ddyn yn darllen enwau'r holl angladdau sydd ganddo i'w mynychu yn y papur.

Wrth syllu ar wyneb siriol ei mab, penderfynodd Eleri mai gwir oedd yr hen air wedi'r cyfan, ac mai bach oedd hedyn pob mawredd.

'Ia. Ti'n meddwl falla fysat ti'n licio newid 'ŵan 'ta i fynd i'w gweld hi? Falla 'nei di joio dy hun, tro 'ma?' meddai'r fam, gan deimlo poen ei geiriau ei hun i'r byw.

Edrychodd Twm arni am ennyd, cyn taflu ei freichiau o'i hamgylch yn un goflaid flêr.

'Dwi'm isio goro gwel' hi, Mam. Dwisio aros adra. Aros fa'ma, efo ti.'

25

Chwalu'r cynllun

Dana Edwards

Edrychodd Llew ar ei Omega, eto. Deng munud wedi pump. Ble roedd hi? A pham, neno'r tad, y cytunodd i'w chario i'r gwaith ac yn ôl bob dydd? Roedd yr ateb i'r ail gwestiwn yn amlwg, wrth gwrs – y bòs oedd wedi gofyn iddo wneud, wedi pledio tlodi Ani. Talu'r intern oedd yr ateb, siŵr, ond gwyddai Llew na ddigwyddai hynny. Mater o gyflenwad a galw syml ydoedd, ac yn anffodus i Ani roedd yna gyflenwad di-baid o ddarpar brentisiaid pensaernïol.

'Sori, fi mor sori,' meddai Ani gan ddod â chwa o wynt oer a chasgliad o fagiau siopa i'r car gyda hi. Taniodd Llew'r injan a gwasgu'r botwm i lenwi'r Audi TT â llais Gwyneth Glyn. Yn y car roedd hi'n byw; jazz melfedaidd oedd ar system sain ei gartref, ond roedd ei llais triog du yn falm cyson ar ôl diwrnod arall o geisio darbwyllo cleientiaid nad tŷ ffug-Sioraidd oedd y dewis mwyaf goleuedig ar gyfer 2020, a bod estyniad gwydr a choed cynaliadwy yn gweddu'n berffaith i hen ffermdy cerrig. Roedd ei gleient y prynhawn hwnnw wedi anghytuno, wedi ailfedyddio ei 'woke house' yn 'workhouse'.

'Picies i mewn i'r siop newydd ar bwys y cloc,' meddai Ani gan dwmlo yn un o'r bagiau. 'O'n i'n methu gadel hwn,' meddai wedyn. Ciledrychodd Llew ar y glustog lliain gwyn gyda'r gair 'Cwtsh' mewn botymau amryliw arni. Roedd yn gas ganddo betheuach, ac yn fwy na dim sothach gyda rhyw sloganau hurt arnynt. A chlustog â botymau anghysurus. Pam?

'I neud y fflat yn fwy cartrefol,' esboniodd Ani yn ddiofyn.

'Dy atgoffa o adre yng Nghaerfyrddin?' holodd Llew gan godi ffrwcsyn gwyn o'i siwmper ddu.

Dyna'r unig broblem gyda'r 'iwnifform' y dewisai ei wisgo'n feunyddiol, roedd yn dangos pob sbec. Ond roedd bod yn steilus yn costio ac roedd brycheuyn neu ddau yn bris bach i'w dalu am y boddhad a gâi o'i jîns du, siwmper polo ddu a sgidie pigfain brown. Ei sbectol oedd yr unig newid dyddiol amlwg. Heddiw, y rhai fframyn coch a ddewisodd.

'Doedd dim moethusrwydd yn tŷ ni,' atebodd y ferch.

'Dy rieni yn minimalist fel finne,' gwenodd Llew.

'Gwastraff arian cwrw fydde rhywbeth fel hyn i Mam,' meddai Ani, gan fwytho'r glustog.

Chwarddodd Llew cyn troi'r chwerthiniad yn besychiad bychan.

'O'dd y cyn-gariad yn finimalist. O'n i ddim yn ca'l...'

Gadawodd y ferch i'r ensyniad hongian.

Am filltir neu ddwy ni ddywedodd y naill na'r llall ddim a byddai Llew wedi bod yn ddigon hapus i hynny barhau gyda Gwyneth yn llenwi'r gofod, ond roedd Ani yn haeddu rhywbeth yn gyfnewid am yr oriau fyddai'n eu treulio wrth y llungopïwr. Ac roedd y tŷ ar gyrion Tre'r Ddôl yn werth sôn amdano.

'Weli di hwnna? Dyna'r math o gartre ddylen ni fod yn

adeiladu – y cyfan oll o ddefnyddiau cynaliadwy, isel o ran gofynion ynni, ei gynllun yn newydd. A phob dim yn cael ei reoli'n awtomatig – dim gwifrau, na cheblau, na rads i amharu ar yr estheteg. Popeth yn syml, glân, chwaethus.'

Chwarddodd Ani'n ysgafn. 'Ond dwi'n lico nic-nacs, ma nhw'n neud fi'n hapus. Dwi'n casglu moch,' ychwanegodd, y wên yn ôl yn ei llais.

Penderfynodd Llew beidio ateb, roedd hon yn sgwrs â gormod o botensial iddi. Tawelwch i ganiatáu i'r felodi ei fwytho, dyna oedd ei angen arno nawr. Y llonyddwch hwnnw a'i gwnâi yn well person erbyn cyrraedd pen y daith. Cwta ddeunaw milltir oedd rhwng ei swyddfa ym Machynlleth a'i gartref yn Aberystwyth, jyst digon o amser i wahanu'r ddau fyd. Yn y ddeufis ers iddo setlo yng Ngheredigion roedd wedi dod i drysori'r amser yma. Edrychai ymlaen at barcio'r car o flaen y warws a oedd bellach yn gartref iddo, at groesi'r rhiniog i'r cyntedd llawr llechi, at oleuni mwyn y waliau 'Elephant Breath', at gamu i'r gegin wen a'i mannau gwaith concrit dilanast, ac at agor y cwpwrdd a roddai loches i'r orsaf wneud coffi. Tra bod hwnnw'n ffrwtian byddai'n crwydro i'r gofod bwyta ac eistedd yn un o'r cadeiriau Danaidd du i syllu ar y Mary Lloyd Jones. Roedd mor bwysig cael ychydig o gelf ddiddorol, sbardun sgwrs ar gyfer sesiynau'r clwb swper y bwriadai ei gychwyn maes o law. O oedd, roedd yn rhaid i bopeth ennill ei le.

Roedd wedi deisyfu hyn oll am flynyddoedd. Wedi teimlo rhyw angen i berchnogi darn o'r byd. A diolch byth, roedd Beca wedi deall ac wedi cytuno i adael y ddinas, gan roi'r hawl i Llew ymuno gyda'r lleill dros ginio i gwyno am bwyse morgais ac anwadalrwydd adeiladwyr.

'Ond mae adra'n debyg iawn i chdi.'

Estynnodd am y botwm rheoli'r sain a rhoi tro chwim iddo nes bod Gwyneth yn fud. Mae'n siŵr na fyddai Ani am glywed y fath sentiment.

'Dyma ni 'te, Ani,' meddai, wrth barcio'r car yn dwt yn ôl ei arfer.

Ond doedd pethau ddim fel roedden nhw'n arfer bod. Roedd golau yn ei gartref.

Teimlodd Llew'r croen gŵydd yn codi'n sydyn ar hyd ei freichiau ac roedd yn ymwybodol bod ei galon yn curo'n gyflymach. Cymerodd eiliad neu ddwy iddo reoli'r cryndod cyn medru gwthio'r allwedd i'r clo.

Sgrech. Dyna a glywodd gyntaf. Sgrech rhyw degan meddal a sathrwyd dan draed o blith y cawdel plastig lliwgar ar lawr y cyntedd. Ac yna sŵn siwgwraidd 'Adeiladu tŷ bach un dau tri, To ar ei ben e, a dyna ni' o'r system sain.

'Croeso adre,' meddai Beca, gan redeg ato o'r gegin. 'Dim ond ers cwta awr ry'n ni wedi cyrraedd. Y trên o Lundain awr yn hwyr.'

'Falle bod y trên awr yn hwyr, ond ry'ch chi wythnos yn gynnar!'

Tawelwyd eu chwerthin am funud gan gusan cyn i Llew godi'r bychan a oedd bellach yn glynu wrth ei goes.

'O'n ni'n dau methu aros munud arall yn Llundain hebddot ti. Felly dyma bacio bag o hanfodion Gruff, a dyma ni. Daw popeth arall gyda'r fan fudo.'

Estynnodd Llew ei freichiau i godi ei fab cyn lapio ei deulu yng ngwresogrwydd y gwlân du, a'u cwtsho'n dynn.

26

Colli tir

GWEN LASARUS JAMES

Eisteddai'r tŷ ar glogwyn yn wynebu'r môr, a'r tu ôl iddo, ar bostyn y giât, crogai darn o bren a 'Cartref' wedi ei grafu'n flêr arno. O flaen y tŷ roedd cae a'r blodau menyn yn flanced aur yn yr haf, a wal gerrig gadarn yn fframio'r cae rhag y môr mawr a'r stormydd a ddeuai o bryd i'w gilydd.

Bob bore, byddai Ceinwen yn tynnu llenni'r gegin ac yn edrych allan ar y môr o'i blaen. Edrychai ar yr olygfa hon bob dydd ers y diwrnod y symudodd i fyw i'r tŷ, bron i hanner can mlynedd ynghynt. Crynodd wrth gofio'r diwrnod hwnnw. Diwrnod hapusaf ei bywyd, a Tom a hithau'n cychwyn bywyd newydd efo'i gilydd. Cyn y nos roedd ei hanwylyd yn gorff llipa, gwlyb ar y traeth, a'r tonnau bach yn llyfu ei draed. Hen sglyfaeth oedd y môr.

Y bore hwn, sylwodd Ceinwen fod rhywbeth yn wahanol. Estynnodd am ei sbectol ac edrych yn ofalus, heibio'r ardd fechan, y wal fach wyngalchog a'r giât oedd yn rhwd i gyd. Llusgodd ei llygaid ar hyd y cae tywyll ac at y wal bella un; y wal hon oedd ei hamddiffynfa rhag y môr. Heb y wal hon mi fyddai ar ben arni hi. Yna, gwelodd beth oedd wedi ei phoeni eiliadau ynghynt a theimlodd ei gwaed yn oeri rhyw fymryn. O gornel ei llygad chwith gwelodd fod carreg neu ddwy wedi syrthio, ac roedd twll bychan yn y wal, a thrwyddo gallai weld y tamaid lleia o'r môr mawr, llwyd yn un â'r awyr. Caeodd ei llygaid ac anadlu'n ddwfn. Crynodd ei llaw wrth estyn am y llenni i'w cau'n dynn unwaith eto.

Eisteddodd yn ei pharlwr ffrynt drwy'r nos dymhestlog honno'n gwylio'r cae wrth olau cannwyll. Chysgodd hi'r un winc, welodd hi ddim byd o gwbwl, dim ond gwrando ar y gwynt yn chwyrnu o gwmpas yr hen dŷ fel ci wedi colli ei asgwrn.

Pan ddangosodd y bore bach ei drwyn drannoeth, roedd Ceinwen yn hepian cysgu. Deffrodd wrth i lygedyn o haul wincio arni hi fel tasa fo'n ei thynnu i chwarae gêm o guddio. Cododd yn araf a'i chymalau'n cwyno, a mynd i hwylio paned. Tynnodd y llenni'n betrusgar ac edrychodd drwy'r ffenest i gyfeiriad y môr. Roedd ychydig mwy o gerrig y wal fach wedi syrthio, a thonnau'r môr i'w gweld yn glir drwy'r twll. Tynnodd y llenni eto, a throi ei chefn ar y môr. Y noson honno, eisteddodd yn ei chadair wrth y ffenest a gwylio'r cae yn bell, bell i ffwrdd. Mae'n rhaid fod rhywun yn dwyn y wal, meddyliodd. Doedd dim amdani, roedd rhaid iddi hi ddal y dihiryn oedd yn dwyn y cerrig. Eisteddodd drwy'r nos hir a chysgu efo'r bore bach ond eto, welodd hi neb na dim.

Aeth hyn ymlaen bob nos am saith niwrnod a saith noson, ac erbyn diwedd yr wythnos roedd Ceinwen wedi anghofio beth oedd mynd i'w gwely. Eisteddai yn ei chadair yn edrych drwy'r ffenest i gyfeiriad y môr. Gafaelai'n dynn yn ei gwn, yn benderfynol o ddal y dihiryn a oedd yn dwyn y cerrig, a'i ladd. Ym mherfadd yr wythfed noson cyrhaeddodd storm fawr. Y storm waethaf erioed. Roedd y gwynt yn cwffio efo'r glaw, a'r glaw yn crio ar y ffenestri. Doedd gan y wal ddim gobaith, a llithrodd y cerrig bach un ar ôl y llall yn un gawod eira i mewn i'r môr. Ni allai Ceinwen eistedd yn gwylio'r gyflafan, gan fod y storm wedi sleifio i'w phen hi hefyd. Gwaeddodd yn gynddeiriog ar y storm a rhegodd ar y môr; rhedodd o gwmpas y tŷ gan gofleidio popeth oedd yn annwyl iddi hi. Cusanodd y llun ohoni hi a Tom ar ddiwrnod eu priodas, a'i guddio y tu mewn i'w siwmper dew. Gafaelodd yn ei gwn a'i anelu at y storm a saethu, ond y cwbwl a ddaeth 'nôl oedd cynddaredd.

Gwisgodd Ceinwen ei chôt tywydd mawr a'i si-bŵts, taro ei gwn o dan ei chesail ac allan â hi i wynebu'r gelyn. Pan gyrhaeddodd waelod y cae doedd dim wal ar ôl a hedfan ar y gwynt oedd y ffens dila, fel cadach anobaith, a phan edrychodd i lawr, gwelodd fod y tonnau bach gwylltion yn llyfu ei thraed hithau hefyd.

'Y cythral barus,' sibrydodd Ceinwen. Ochneidiodd a llusgo'i thraed yn ôl i'r tŷ, ac aeth i'w gwely i gysgu.

Y bore Sul canlynol, bore mor braf, y môr fel cath fach yn cysgu, a'r haul fel wy wedi cracio ar blât glas, gorffwysodd Ceinwen. Canai'r gwylanod gân y môr a gadael i'r awel eu lluchio i'r pedwar gwynt.

Tawelodd meddwl y wreigan ryw fymryn; mae'n rhaid fod y dihiryn wedi diflannu a doedd neb am ddwyn ei thŷ hi heddiw, meddyliodd.

Llithrodd y dyddiau i'w gilydd ac fe dyfodd Ceinwen yn hen. Fe ballodd ei llygaid yn araf a phan edrychai drwy'r ffenest fach i gyfeiriad y môr, gwelai gae gwyrdd braf a'r gwair yn tyfu. Roedd hi wedi hen anghofio'r dihiryn a safai'r gwn yn gefnsyth wrth ddrws cefn y tŷ yn llawn llwch a gwe pry cop. Ni welodd fod y cae bach wedi diflannu a mynd efo'r môr. A phan syllai i lygaid Tom yn y llun, ni welai ond cysgodion.

A heddiw, ni welodd y tonnau bach yn llyfu traed ei thŷ.

Aeth i hwylio te ac ar ôl sipian ei phaned a drachtio'r dropyn olaf nes cyrraedd y dail ar waelod y gwpan, cododd, ac aeth at bob un ffenest a thynnu'r llenni yn dynn, dynn. Clodd y drws ffrynt a'r drws cefn ac aeth i'w gwely a thynnu'r dillad yn dynn amdani. Cysgodd a gwên fechan ar ei hwyneb.

Pan wawriodd y bore wedyn yn las a gwyn a melyn, doedd dim hanes o'r tŷ.

Ar bostyn wrth y giât crogai darn o bren a 'Cartref' wedi ei grafu'n flêr arno, a thonnau bach y môr yn llyfu traed y postyn.

27

Dysgu gwers

HELEDD ANN ROBERTS

Camodd yn betrusgar oddi ar y trên. Doedd fawr ddim wedi newid yn y pymtheg mlynedd ers iddi fod yma ddiwethaf. Oedd, roedd siop goffi gadwyn newydd wedi agor yn lle Pantri Pam, a rhyw flodau mewn twb i geisio masgio'r adeiladau llwm, llwyd a'r paent oedd yn pilio. Ond fel arall, yr un oedd yr hen le, ac aeth ias i lawr ei chefn wrth iddi gamu ar y platfform a gweld enw Nantrhyd mewn llythrennau mawr bras o'i blaen.

Trodd yn reddfol i'r chwith. Onid oedd wedi gwneud y daith yma droeon pan oedd yn blentyn?

Pasiodd y cloc, a'r siop bentref, cyn stopio wrth relings glas iard Ysgol Nantrhyd. Oedodd a llyncodd ei phoer.

Ac yna, gwelodd o. Cuddiodd a gwasgu ei chefn yn ddwfn i goeden dderw fawr. Aeth ei gwynt yn gynt wrth feddwl am ei gael o mor agos ati unwaith eto.

Morris Maths (neu roedd o wedi gadael iddi hi ei alw fo'n Sam). Ei chrysh cyntaf. Prin iawn oedd ei ffrindiau yn yr ysgol. Roedd ei gwallt hi'n rhy flêr a'i chanlyniadau hi'n rhy dda iddi byth allu ystyried bod yn rhan o unrhyw grŵp ffrindiau yn Ysgol Nantrhyd.

Dyna un o'r rhesymau pam na ddaethai yn ôl yma ers

gadael yn bymtheg oed. Ond nid dyna oedd y prif reswm. Roedd hwnnw'n sefyll yr ochr arall i'r rhelings glas.

Mentrodd droi ei phen heibio'r goeden. Roedd o'n hŷn, wrth gwrs, ond yn dal yn olygus. Roedd ganddo griw o ferched o'i amgylch yn chwerthin ar ei jôcs, fel yr oedd hithau wedi chwerthin sawl gwaith. Doedd neb arall wedi gwneud iddi chwerthin. Na gwenu hyd yn oed, petai'n dod i hynny. Felly, pan oedd o wedi cynnig gwersi ychwanegol un-i-un iddi, doedd hi ddim wedi gorfod meddwl ddwywaith. Roedd meddwl am gael dianc o'r tŷ a chael sylw llawn Morris Maths iddi hi ei hun fel breuddwyd, ac yn gysur iddi bob tro yr oedd hi'n destun gwawd.

Syniad ei thad oedd gadael Nantrhyd a mynd i ryw B&B digalon yng nghanolbarth Lloegr. Ond wnaeth hi ddim protestio. Heb yr un ffrind i'w gadael ar ôl yno, dechreuodd edrych ymlaen at gyfarfod y ffrind newydd oedd eisoes wedi dechrau tyfu yn ei bol.

Ond yna cynyddodd y tensiwn rhwng ei rhieni.

'Does dim bai arni hi na'r bychan,' clywodd ei mam yn ymbil un noson.

Roedd y sŵn cnawd-ar-gnawd a ddilynodd yn awgrymu bod ei thad yn anghytuno. Cuddiodd ei phen ymhellach o dan y dillad gwely rhag clywed y ffrae, a sibrwd wrth Cadi. Roedd hi wedi penderfynu'n barod mai merch fyddai hi, a hoffai sibrwd wrth Cadi sut yr oedd hi'n bwriadu edrych ar ei hôl unwaith y deuai i'r byd.

'Fydd gen ti ddim tad, Cadi fach, ond mi fydd gen ti fi. A ni fydd y ffrindiau gorau erioed.'

Mentrodd edrych eto tuag at iard yr ysgol. Byddai Cadi wedi bod yn ddigon hen i fod yn un o'r disgyblion erbyn hyn. Ond fyddai Cadi erioed wedi bod yn ddisgybl yn Ysgol Nantrhyd. Fyddai hi ddim wedi caniatáu hynny.

Ddalltodd hi ddim pam wnaeth ei thad ei deffro y noson honno a sibrwd wrthi am wisgo amdani'n sydyn. A wnaeth hi ddim holi pam roedd llygaid ei mam yn goch wrth iddynt adael.

'Lle 'dan ni'n mynd, Dad? Pam nad ydy Mam yn dod hefo ni?'

Chafodd hi ddim ateb – doedd ei thad ddim yn un i'w gwestiynu – dim ond cael ei llusgo i adeilad mawr a chael ei thywys gan rywun mewn côt wen i lawr coridor oeraidd.

Doedd hi ddim yn cofio mwy na hynny. P'un ai wedi dewis anghofio roedd hi, neu fod y boen wedi arbed ei theimladau, wyddai hi ddim. Ond roedd Cadi wedi mynd erbyn y bore, gan adael gwacter llawer mwy na chroth wag.

Penderfynodd bryd hynny na fyddai hi byth yn mynd yn ôl adre i Nantrhyd. Aeth hi ddim yn ôl chwaith i'r B&B at ei rhieni. Er gwaethaf ei gwendid, rhedodd nerth ei thraed o ble bynnag yr oedd hi. Roedd hi wedi bod yn rhedeg i ffwrdd byth ers hynny.

Ond dyma hi'n ôl yma rŵan, a fyddai ei thad ddim yma i'w chroesawu. Roedd wedi darllen ei Obit yn y papur. Ond ddim wedi dod yn ôl i weld y garreg oeraidd a oedd yn brawf na allai hi ei siomi fo bellach yr oedd hi.

Canodd cloch yr ysgol, a gwelodd Morris Maths yn rhoi ei law ar gefn un o'r merched i'w hannog i fynd i mewn. Cofiodd o'n rhoi ei law yn dyner arni hi hefyd ers talwm. Yn y gwersi Maths ychwanegol, yng nghrombil yr ysgol, gyda'r nos. Doedd neb o gwmpas i'w styrbio. Dim ffenestr i'r byd tu allan gael tynnu eu sylw.

Oedd, roedd ei law wedi bod yn dyner ar y dechrau. A hithau wedi hoffi hoelio'i sylw. Doedd hi'n dda i ddim am wneud ffrindiau, ond roedd hi'n rhagori mewn Maths. Ai ei bai hi oedd iddi ddechrau edrych arno fel ffrind yn hytrach nag athro?

Roedd ganddi ofn dweud dim pan roddodd ei law ar ei choes y tro cyntaf. Cofiodd ddal ei hanadl yn dynn wrth iddo ei symud yn uwch ac o dan ei sgert. Cofiodd ysgwyd ei phen gan grio, 'Dwi isio mynd rŵan,' ond chafodd hi ddim mynd. A doedd ei dagrau na'i dyrnau hi ddim yn ddigon i roi stop ar y wers werthfawr yna.

Roedd hi'n llawer cryfach erbyn hyn, a gwnâi'n siŵr y câi ei haeddiant. Ond ddim rŵan. Nid dyna pam roedd hi'n ôl yn Nantrhyd, a throdd ei chefn ar yr ysgol i barhau ar ei thaith.

Yn ddiweddar, roedd wedi dod i sylweddoli nad hi oedd yr unig un a gollodd ei merch a'i ffrind gorau y noson honno. Roedd hi'n deimlad od canu'r gloch ar 9 Stryd Llyn. Ymhen amser, daeth dynes lawer hŷn nag yr oedd hi'n ei chofio i'r drws.

'Mam? Dwi adra.'

28

Adre dros Dolig

FFLUR EVANS

Adre. Does unman yn debyg, *apparently*. Ond falle tase Gwyneth Glyn 'di treulio mwy o amser yn styc mewn traffig ar yr M4 ar Noswyl blydi Nadolig, fyse hi ddim mor sentimental am y peth. O'n i mor bôrd yn eistedd 'na, 'nes i benderfynu rhywle rhwng Pontarddulais a Cross Hands i ga'l fflic drw Tinder am bach – cyn sylwi bo' fi, erbyn 'ny, yng ngorllewin Cymru, lle o'dd *slim pickings* yn bach o *understatement* o ran apiau dêto.

O'dd e ddim fel 'se bois Caerdydd lot gwell chwaith, i fod yn deg. O'dd pawb yn Clwb Ifor rhy ifanc, neu'n rhy feddw, neu'n meddwl eu bod nhw'n lysh achos bo' nhw'n chwarae dryms mewn rhyw fand riiiiiili *up-and-coming*, ia. O'n i ddim rili'n poeni am y peth yn ormodol, ond cyn bo' fi hyd yn oed 'di dadbacio'n iawn, o'dd Mam wrthi'n syth.

'So... unrhyw niws?' medde hi, ei haeliau hi'n cyffwrdd â'r nenfwd.

'Nope,' medde fi'n ôl, yn dewis canolbwyntio ar stwffio 'nillad gwely brwnt i mewn i'r peiriant golchi.

'Siŵr?' medde hi. 'Co ni off. Dyma fe'n dod. Y cwestiwn. 'Ti heb gwrdd ag unrhyw fois... neis yn Gaerdydd 'de?'

Ych. Pob tro mae'n gofyn, fi'n cael fy nhemtio i weud rhywbeth fel: '*Actually*, Mam, ma'r un boi 'di dympo fi chwech gwaith yn y flwyddyn ddwetha, ond sai'n becso amdano fe achos bo' fi dal mewn cariad gyda'r *shitbag* o *ex* 'na o'dd 'da fi, a rili ma dynion jyst yn rybish a ma Caerdydd yn llawn *misogynists*, a ie, cyn i ti ofyn, hyd yn oed y Cymry Cymraeg. Ocê?'

Ond sai'n gweud 'ny. Dwi jyst yn siglo 'mhen a newid y pwnc, ac o fewn eiliadau ma hi'n ranto am *loft conversion* Maureen drws nesa cyn cynnig dishgled ac un o'i *date-and-sweet-potato brownies* enwog i fi. Dwi'n derbyn y cyntaf, ac yn gwrthod yr ail. O'n i ddim isie bod ar y bog tan y Flwyddyn Newydd, nag o'n?

Ta beth, 'na le o'n i awr fach yn ddiweddarach, wedi ffeindio'n hunan, rywsut, 'nôl ar Tinder, pan gerddodd Mam mewn i'n stafell i. Heb gnocio.

'*God sakes*, Mam, so ti 'di clywed am *boundaries*, gwed?' wedes i. Blydi hel, o'dd e fel 'sen i'n bymtheg 'to.

'Sori, bach, mond isie holi o'n i os wyt ti adre am swper heno? Fi'n neud *vegan lentil moussaka*, ti'n gweld...' medde hi.

Dim blydi diolch. Beth yw e 'da menywod canol oed yn dechre *health kicks*, gwedwch? O'dd gwell abs 'da hi na fi, whare teg, ond o'dd eu tŷ nhw, yn ara bach, yn troi mewn i ryw fath o *wellness retreat.*

Anyway, beth o'dd fy nghynllunie i am y noson? Wel, o'dd cwpwl o opsiyne 'da fi...

Opsiwn 1: Mynd am gwpwl o beints 'da'n ffrindie ysgol i. Ar un llaw, o'dd e'n gyfle da i ddala lan 'da nhw i gyd, i feddwi, ond dim gormod (o'dd rhaid bod yn ffres am y twrci fory, wedi'r cwbwl). Ar y llaw arall, o'dd hanner ein criw ni mewn perthynas, ac o'n i wir ddim yn gwbod os gallen i ddiodde clywed am benwythnosau yn y Cotswolds a *joint bank accounts* a phartïon dyweddïo.

Opsiwn 2: Mynd mas i Gaerfyrddin 'da merched coleg. Ar un llaw, o'n i heb weld nhw ers oes pys, ac o'n nhw i gyd yn sengl, felly byse'r *chat* yn iawn. Ar y llaw arall, o'n i ddim yn ffansïo cael dynion yn eu *fifties* yn neud llygade arna i ar *dancefloor* y Spread Eagle, chwaith.

Opsiwn 3: Noson mewn 'da Mam a Dad. Ar un llaw, o'dd casgliad gwin arbennig 'da nhw. Ar y llaw arall, sdim digon o win yn y byd i leddfu'r boen o orfod clywed am salwch Anti Jean neu bod Eric Lawr Hewl yn tsieto ar ei wraig neu be bynnag fydde sgandal mawr y pentre'r wythnos 'ma.

'Na, Mam,' medde fi, 'fi mas heno.'

Do'dd dim clem 'da fi ble, ond o'n i'n gwbod mai 'unrhyw le ond adre' o'dd yr ateb cywir.

O'n i'n gwbod bod mynd 'nôl ar Tinder yn hollol ddibwynt, ond tra bo' fi'n aros i Sara (Head Girl y gorffennol, *absolute header* y presennol) decsto fi'n ôl, do'dd dim lot o ddewis 'da fi. Wrth i fi sweipo a sweipo, ges i'n atgoffa bo' fi ganwaith yn fwy ffysi ar Tinder nag o'n i mewn bywyd go iawn. Wel, o'dd mond rhaid i rywun edrych ar fy *exes* i i weld 'ny.

Ond, wrth bo' fi ar fin rhoi lan ar straffaglu drwy'r haid o Dales, Connors a Reeces yn dangos eu pecs (a mwy) ym mhob llun, weles i fe: Steffan. 23. Siarad Cymraeg. Ac o mai god, o'dd y llun cynta ohono 'di cael ei dynnu... yn Tafwyl! Dyma fe. Dyn fy mreuddwydion. Y mwya o'n i'n dysgu amdano, y mwya o'n i'n ei hoffi fe (ma fe'n gweithio i S4C, ffyc mi, *father my children*!).

Ar ôl penderfynu mai dyma'r union ddyn o'n i 'di bod yn chwilio amdano fe ers blynyddoedd, dyma fi'n tynnu anadl ddofn.

Ocê. Dyma ni. Y foment fawr. 'Co ni off. Ie plis. *Swipe right*. Ac aros. Aros am fatsh...

Ac aros o'n i. Dim. Matsh. Dyna ni – o'dd y freuddwyd Cyfryngis Dosbarth Canol Cymraeg Mewn Cariad ar ben. Tafles i'r ffôn ar draws y gwely, a pwdu. Grêt.

'Cariad,' gwaeddodd Mam wrth gerdded lan staer, 'os wyt ti moyn lifft i rywle heno fydd rhaid ti fynd yn yr hanner awr

DYMA FE. DYN FY MREUDDWYDION. MA FE'N GWEITHIO I S4C, FFYC MI. FATHER MY CHILDREN

nesa…' Dyma hi'n popo'i phen rownd y drws. 'Ma Dad a finne moyn cwtsho lan ar y soffa heno – ni 'di downloado *Fifty Shades Freed*, so ti'mod, *do not disturb* fydd hi…'

Ar ôl i fi ei gwthio hi mas o'n stafell i 'to, oedais i am funud i fyfyrio ar stad fy mywyd (a blydi stad o'dd e 'fyd). Sengl. Ffaelu ca'l Tinder matsh i safio 'mywyd. Rhieni o'dd *at it* fwy nag o'n i.

Ffyc this, medde fi wrtha i'n hunan. Peint. Go blydi glou.

29

Er mwyn yfory

MELERI FFLUR WILLIAMS

A hwythau'n trio eu gorau glas i gadw eu mab ar y llwybr cul, taflodd y tad lyfr 'Geography' ei fab i'w fag ysgol gan ychwanegu'r llyfr 'History' a'r 'Biology' ato hefyd. Doedd dim diddordeb gan ei fab yn yr ysgol na'i gymuned. Roedd wedi gadael y llyfrau ar ei ddesg unwaith eto. Y ddesg lle byddai'r tad yn eistedd wrth ei ymyl am oriau yn pendroni sut i ddeffro'i fab i argyfwng ei wlad.

Rhedodd i lawr y grisiau er mwyn tynnu'r darn o dost o'r tostiwr cyn iddo ei losgi. Agos! Daliodd y darn o fara llosgedig rhwng ei ddannedd er mwyn chwilio am y menyn. Taenodd hwnnw arno ond roedd yn galed fel haearn Sbaen ac yn gwrthod taenu. Tyllodd y bara. Tynnodd blât yn frysiog o'r peiriant golchi llestri a gollwng y bara i ganol y diferion dŵr oedd wedi cronni arno. Amsugnodd y bara'r dŵr gan ei feddalu fel tywod ar draeth.

'Coming now!' gwaeddodd y mab gan frasgamu i lawr y grisiau a gwthio'i ddarn yntau o dost i'w geg mewn un darn. Caeodd y tad ei lygaid yn dynn gan waredu at ei Seisnigrwydd. Saesneg oedd popeth erbyn hyn. Yn y deng mlynedd diwethaf, roedd y gymdeithas wedi colli popeth. Roedd y capeli wedi cau, doedd dim siopau lleol, daeth y clybiau Merched y Wawr a'r Ffermwyr Ifanc i ben, roedd ysgolion bach y wlad yn ffederaleiddio neu'n cau'n gyfan gwbl, ac roedd mwy a mwy o Saesneg ar iard yr ysgol, ond roedd hyn yn wahanol. Saesneg oedd iaith yr ysgol yn gyfan gwbl bellach. Roedd hyn yn ddifrifol. Roedd y delyn wedi ei thawelu a'r fflam wedi ei diffodd.

Ymhen amser, arbedwyd miliynau o bunnoedd i'r Cynghorau a bu dathlu. Y Cynghorwyr hyn oedd yn gwybod pris popeth ond gwerth dim. Yn credu bod arbed arian yn bwysicach na'r Gymraeg yng nghefn gwlad Cymru. Prin y siaradai ei fab yr un gair o Gymraeg, heblaw pan fyddai'n cael ei orfodi gan ei rieni.

Ochneidiodd y tad. Yes Cymru oedd dechrau hyn. Gwenodd wrth gofio am holl bobl ifanc ei wlad yn brwydro'n ffyrnig er mwyn cael gadael totalitariaeth Prydain wedi Brecsit. Pobl ifanc yn gweiddi am annibyniaeth ar hyd y strydoedd, yn protestio, yn crio, yn ymbil am well byd. Pobl ifanc yn gweddïo ac yn herio pob awdurdod er mwyn creu byd lle byddai Cymru yn annibynnol, yn rhydd o grafangau Prydain.

Cofiodd fynychu protest yng Nghaernarfon. Wyth mil ohonynt fel morgrug yn crwydro'r strydoedd. Gwenodd. Roedd yntau yno hefyd fel cysgod yn dilyn y lleill – yn eu dilyn gan ddal baner Owain Glyndŵr a roddwyd iddo gan brotestiwr arall – a bu'n ei chwifio'n uchel ynghanol y storm frwdfrydig. Y storm fyddai wedi gallu newid Cymru er gwell. Bu protestio caled am ddeng mlynedd a mwy. Uchafbwyntiau ar y newyddion, y cyfryngau cymdeithasol yn ferw o goch, gwyn a gwyrdd, a thudalennau papurau newydd yn llawn o gyffro'r ddraig. Torrwyd calonnau'r Cymry hynny yn 2030. Roedd cefnogaeth i'w hymgyrch, ond doedd dim digon. Roedd y frwydr wedi eu llorio a'r bennod wedi dod i ben. Prydeinwyr oeddent hwy i gyd bellach. Welcome to Wales. Aeth ias oer i lawr ei asgwrn cefn a methodd â llyncu ei frecwast oherwydd y lwmp trwm yn ei wddf.

Brasgamodd y tad a'r mab am y car a dechrau ar eu siwrnai i'r ysgol. Gwasgodd y llyw yn dynn wrth feddwl am ei fab yn gwisgo'r siwmper â'r enw Lakeside Education Centre yn amlwg ar ei blaen, a'r faner Brydeinig yn gadarn ar ei fagiau a'i lyfrau. Eiliadau'n ddiweddarach, darllenodd yr un enwau tai ag a wnâi bob bore – Summerville, The Orchard, School House, Hillside. Pob enw wedi ei Seisnigeiddio. The Bakery, Jackie's Hairdressing, Green Earth Produce. Roedd y rheiny wedi dilyn y drefn hefyd. Wedi gorfod ei dilyn. Doedd dim polisi i'r iaith Gymraeg bellach, doedd dim hyd yn oed sôn am ddwyieithrwydd cenedl. Dim ond llythyr tila gan y Cynghorau Sir yn dweud bod rhaid newid. Gorfod.

Bu ef a'i wraig yn ystyfnig wrth enwi eu mab hwy – Owain Hedd. Aethant yn groes i'r graen. Enw teuluol. Enw'r ddau daid wedi eu cyfuno a gobaith yn eu llygaid wrth edrych ar y baban newydd-anedig na fyddai'n cael ei ddylanwadu gan Seisnigrwydd ei wlad. Ond cael ei ysgubo gyda gweddill y lli a wnaeth Owain, ac yn fuan yn nyddiau'r ysgol daeth yn Owen a diflannodd yr Hedd oddi ar flaen ei lyfrau. Prydeiniwr oedd o bellach. Ond bu iddo yntau, ei dad, hefyd blygu glin a chytuno i newid teitl ei swydd er mwyn ei chadw – Civil Enforcement Officer. Dim sôn am yr Heddlu bellach, heb sôn am Heddlu Gogledd Cymru. Daeth ei wraig druan yn Knowledge Navigator. Doedd dim athrawon. Llenwodd dosbarth ei wraig â Kayden a Jayden ac Oliver. Amber a Bonnie a Willow. Dim hyd yn oed enwau dwyieithog. Diflannodd y cyfan, bob Jac a Wil. Roedd enw ei fab yn sefyll allan fel clown ynghanol tyrfa, fel ploryn ar ên.

Chwaraeodd Owain bêl-droed i'r Lakeside Rangers ac i dîm rygbi'r Kicktators. Atseiniai'r enwau fel cloch dân yng nghlust ei dad. Anwybyddwyd enwau'r trefi a'r pentrefi lleol. Byddai'n mynd allan ar nos Sadwrn i'r King's Arms a'r Golden Lion ac yn canu caneuon Saesneg dirifedi, a phan fyddai tafarnwr dewr yn mynnu rhoi 'Yma o Hyd' ymlaen, byddai'r dafarn yn tewi. Dau neu dri o'r cant yn bloeddio. Dau neu dri, pe bai'n lwcus.

'A'n gadael yn genedl gyfan, a heddiw wele ni!'

Wele ni – yn Brydeinwyr bob un. Pob cof am Facsen neu Magnus Maximus yn angof. Yr iaith Gymraeg yn farw a Dydd y Farn wedi cyrraedd. Doedden ni ddim am fod yma o hyd. Er mynychu ambell brotest, ni waeddodd y tad yn ddigon uchel gerbron y gwledydd a'r hen Fagi a'i chriw newydd a gafodd y gorau arnynt eto. Llifodd y dagrau wedyn. Pob un ohonynt yn Ddic Siôn Dafydd eu cymunedau, yn troi eu cefnau ar eu diwylliant a chael eu sugno i grombil Prydain.

'I've been invited to an open day in London next month.'

'Llundain?! Gadael Cymru fach? Rhedeg at Frenhiniaeth Prydain? Wnei di ddim sylweddoli gwerth clywed yr iaith nes iti ei cholli.'

'I hardly speak it anyway, only when forced to. Before judging me and my generation, remember who raised us.'

Doedd ganddo ddim ateb. Roedd ei fab yn berffaith gywir – roedd y tad wedi gallu rhoi adenydd i'w fab ond dim gwreiddiau. Dilyn y drefn wnaeth yntau ers degawd hefyd – poeni a phryderu am sefyllfa'r iaith ar hyd yr amser, yn siglo yn ôl ac ymlaen fel cadair siglo yn ddwfn yn ei feddyliau ond yn mynd i unman. Cronnodd deigryn yn ochr ei lygad wrth feddwl am ei fab yn byw ynghanol crachach Prydain, ynghanol Aelodau Seneddol oedd yn cofio dim am ein gwlad fach ni. Gellid cael mwy o ddoethineb am redeg gwlad gan weithwyr ein bwytai bwyd parod a phobl trin gwallt.

Tasgodd y glaw llwyd ar ffenestr ei gar, gan drywanu'r gwydr fel y boen a dreiddiai i'w galon. Daeth ton o unigrwydd drosto fel sŵn ffôn yn canu mewn ystafell wag; doedd dim ond llond llaw ohonynt yn y dref. Os oedd y Gymraeg yn ddigon da i'n cyndeidiau, mi fydd yn ddigon da i'n hetifedd ni hefyd. Pam na wnest ti fwy? Pam na wnaethon ni fel cenedl fwy?

Teimlodd y tad gryndod yn ei stumog. Wedi degawd o blygu pen a chau ceg, byddai'n rhaid codi stŵr. Gwella dull llywodraethu'r wlad, dathlu bod Cymru wedi bod yn gartref Cymreig iddynt ac y byddai'n dychwelyd eto. Annibyniaeth a rhyddid! Cofiodd am weledigaeth Gwynfor Evans a dioddefaint trigolion Cwm Celyn, a'r degau aeth i'r carchar drostynt ar hyd y blynyddoedd. Er mwyn ein dyfodol, er mwyn cyfiawnder, er mwyn yfory. Er mwyn Owain. Digon yw digon. Llosgi cysgod y Welsh Not yn ulw. Edrychodd i lygaid ei fab, rhywbeth nad oedd wedi gallu ei wneud yn iawn ers talwm oherwydd ei gywilydd. Roedd am herio hyn ac am frwydro dros ei hawliau yntau. Nid Prydeiniwr oedd ei fab o. Bu'n Gymro tila ei hun ond nid rhagor.

Pleidleisiodd deugain y cant o'r boblogaeth dros Gymru annibynnol ddeng mlynedd yn ôl. Trigain y cant yn betrusgar neu heb ddiddordeb. Deugain y cant a'u dyrnau yn yr awyr. Dros filiwn o bobl yn dioddef y golled a'r siom ond dwy filiwn o Gymry yn difaru a phob un yn dioddef cymuned uniaith Saesneg. Tair miliwn o ddioddefwyr a'u breuddwyd yn farw hyd at heddiw.

Fe gynyddai fomentwm y bobl, fe chwiliai am gefnogaeth frwd a phwysai am Gymru newydd efo llawenydd yn ei ddagrau, nid tristwch, wrth frwydro dros y Gymru annibynnol hon.

*

Teimlodd y tad ddiferion o chwys yn llifo i lawr ei dalcen poeth. Rhedodd lawes ei ddillad nos dros ei wyneb gan dynnu anadl ddofn. Cododd yn sydyn gan edrych ar ei larwm. Fflachiodd y rhifau 07:30 yn ôl arno a'r rhifau 17/04/20 oddi tanynt. Grêt, meddyliodd, dim ond hanner awr i wneud fy hun yn barod i'r gwaith unwaith eto. Stopiodd yn sydyn. 2020? Ochneidiodd. Gwenodd. Hunllef oedd hi – roedd ganddo amser unwaith eto i frwydro dros annibyniaeth ei wlad! Yfory roedd protest Yes Cymru ei dref yntau, Wrecsam. Gwaeddodd ar ei fab i godi er mwyn mynd i'r ysgol, a diolchodd mai siwmper Ysgol Ger y Llyn fyddai ei fab yn ei gwisgo heddiw ac y byddai'n cario llyfrau Cymraeg yn ei fag!

'Dwi'n dod rŵan!' gwaeddodd yn ôl ar ei dad. 'Bydd rhaid i ni godi'n gynnar eto fory i fynd i'r brotest.'

Gwenodd y tad. Cymro oedd Owain. Roedd am gadw'r tân yn ei fol yn fyw er mwyn Cymru, er mwyn yfory.

'Am dy fod yn un sy'n meddwl
Nad peth bach yw marw iaith,
Am dy fod yn mynnu gwneuthur
Mwy na siarad am y ffaith.'

30

Y pethe bach

Siân Teifi

Edrychodd Jac ar y potyn o'i flaen. Ac edrychodd y potyn yn ôl ar Jac mewn ffordd ddigon cyfeillgar, chwarae teg.

'Be ti'n feddwl, Mair?' holodd. 'Ody'r amser wedi dod, gwed?'

Dim ateb. Cododd o'i gadair wrth fwrdd y gegin, a mynd yn dawel bach at y sinc. Roedd y llestri i gyd yno'n disgwyl amdano – wedi'u golchi, wrth gwrs, ond heb eu sychu.

'Hen bethe mochedd yw clwte sychu llestri,' fyddai barn Mair bob amser. 'Yn llawn jyrms a ryw meicro-be-ti'n-galws. Ma'n nhw'n fwy iach o lawer yn ishte 'na dros nos yn towlu'u tra'd biti'r lle yn yr awyr.'

Ac felly y bu pethau. Mair oedd Brenhines y Gegin, a Jac yn Frenin Popeth Arall, o lanhau'r cafnau i dorri porfa, mynd mas â'r biniau a thocio'r llwyni a'r hen glematis oedd yn dal i ddringo'i ffordd rownd y biben ddŵr ers dyddiau mam Mair. Digon pert, ond braidd yn ddelicet, ym marn Mair. Rhywbeth tebyg i'w mam a dweud y gwir, cofiodd Jac, wrth estyn plat, cwpan a soser o blith y criw wrth ymyl y sinc. Llwy de a chyllell wedyn, ac roedd pethau'n edrych yn well yn barod.

'Paid ag anghofio'r syrfiét,' gallai glywed Mair yn sibrwd yn ei glust. 'A phaid â llanw'r tecil 'na'n rhy llawn. Sdim isie wasto ynni nawr, o's e?'

Cofiodd Jac y rheolau i gyd wrth osod y bwrdd yn ofalus, gyda'r potyn bach yn ei wylio bob cam. Ond wrth estyn am y basn siwgr, dyma lais Mair eto yn ei glust.

'Jac, Jac... y'n ni wedi trafod hyn, on'd y'n ni? Beth wedodd Doctor Hedydd? Ie, 'na fe – llai o siwgir. Ble ma'r swîtnyrs 'na? 'Na ti, tu ôl i'r coffi yn y cwpwrt ar y whith.'

Ildiodd Jac, a mynd yn dawel fel hen gi ffyddlon at y cwpwrdd chwith, gafael yn y Canderel a rhoi'r bocs coch salw o flaen y basn siwgr cyfeillgar – basn Anti Lisi, a hwnnw'n flodau pinc i gyd – oedd yn gwahodd rhywun i gladdu llwy ynddo er mwyn cael cwpanaid o de gyda digon o siwgr ynddo i blesio gweinidog. Ond roedd y dyddiau yna drosodd bellach. Y bocs coch salw oedd yn rheoli erbyn hyn.

Nawr 'te, beth nesa? Y sgons, wrth gwrs! Aeth ar ei gwrcwd o flaen y cwpwrdd bwyd isel a'i agor led y pen cyn cofio nad oedd yna sgons ffresh. Drapo! Byddai'n rhaid eu nôl o'r rhewgell a'u dadmer yn y peth ping 'na. Cododd yn ara bach, a phob asgwrn yn ei goesau'n gweiddi arno i bwyllo. Ymestyn, aros funud, a wedyn bant â'r cart unwaith 'to.

Bu'n rhaid twrio tipyn ymysg cynnwys y rhewgell cyn gweld pecyn o sgons siop yn y cefn. Agorodd y pecyn, cymryd dwy sgonen rewllyd allan ohono, a rhoi'r gweddill yn ôl yn dwt – yn y blaen y tro yma.

'So ti'n mynd i fyta'r ddwy, wyt ti?' meddai llais Mair yn ei glust. 'Fe ei di'n dew os na watsiwn ni, a shwt dwi'n mynd i ga'l 'y mreichie rownd dy ganol di wedyn, gwed?' Ac yna'r tincial chwerthin.

'Na, na,' meddai Jac, 'un i fi, ac un...'

Arhosodd Jac lle'r oedd e am funud, cyn teimlo'i hunan yn gwenu ac yn llefen ar yr un pryd. O, Mair...

'Wel, 'mond am heddi 'te. Ie, byt nhw, Jac bach – daw bola'n gefen, t'wel, ac ma isie bod yn gryf nawr, on'd o's e?'

Cytunodd Jac, a bwrw 'nôl am fwrdd y gegin er mwyn

rhoi'r ddwy sgonen ar blat cyn eu rhoi nhw yn y meicro. Cwpwl o funude nawr, a bydden nhw'n barod. Teimlodd ei hun yn glafoerio. Yn ei phomp, doedd neb yn debyg i Mair am wneud sgons, ac yntau wedyn yn tynnu arni, ac yn gofyn oedd hi wedi defnyddio'i dannedd dodi i roi ymylon mor bert arnyn nhw.

'Do, do,' fyddai'r ateb bob tro. 'Ond dwi wedi stopo iwso rhai Mam ar y darten riwbob.' A'r ddau'n chwerthin wedyn cyn gafael yn dynn, dynn yn ei gilydd.

'Ping!' mynte'r meicro ar draws bob man, a draw â Jac ato er mwyn cario'r sgons at y bwrdd cyn eu gosod nhw'n ofalus ar bwys y potyn. Oedodd. Beth ddyle fe'i wneud?

Cofiodd am y Mehefin hwnnw flwyddyn yn ôl, a Mair yn ei ffedog fach pys pêr o flaen y stof, y crochan jam yn byrlymu o'i blaen ac oglau mefus yn drwm yn yr awyr. Fe'i gwyliodd yn ofalus yn rhoi tamed bach o'r gymysgedd ar soser rewllyd cyn rhedeg ei bys drwyddo, ei lyfu, ac yna cyhoeddi mai hwn oedd 'y gore 'to, Jac – pum potyn, cofia! Gall Mr Tesco fynd i whiban am sbel go lew!' Ac roedd y ddau wedi joio cynnwys pedwar ohonyn nhw gyda'i gilydd – ar dost, mewn sbwnjys ac ar sgons. A nawr, dim ond yr un potyn bach 'ma oedd ar ôl. Y potyn olaf o jam Mair.

Edrychodd Jac ar y potyn unwaith eto, ac edrychodd y potyn yn ôl arno, yr un mor gyfeillgar. Yna, llais Mair yn llenwi'r gegin.

'Agor e, Jac – a byt e. A joia fe 'chan. Sdim byd tebyg i jam catre nawr, o's e? A beth bynnag, ma isie rhwbeth arnot ti i dynnu'r hen flas powdwr 'na o'r sgons siop.'

Gwenodd. Roedd Mair yn iawn, fel arfer, a heb feddwl dim mwy, estynnodd Jac am y potyn, torri'r sêl, a'i agor. Yn syth, roedd y gegin yn llawn oglau mefus eto, a bron na allai glywed Mair yn canu 'Calon Lân' wrth wylio'r gymysgedd yn y crochan. Taenodd haenen dew o'r jam ar y sgonen gynta, a'i llarpio cyn taenu haenen yr un mor dew ar yr ail. Rhoddodd fwy o amser i honno cyn cau'r potyn bach am y tro a'i roi yn yr oergell.

Falle'i bod hi'n amser torri porfa a thocio, meddyliodd Jac wrth gymryd cip allan drwy'r ffenest ar y lawnt anniben a'r llwyni gwyllt. A chael trefn ar y patshyn mefus hefyd. Wedi'r cwbwl, roedd hi'n bwysig cadw gatre i fynd.

Ydych chi wedi darllen cylchgrawn *Cara*?

Cylchgrawn gan ferched am ferched

3 rhifyn y flwyddyn ar gael yn y siopau neu drwy danysgrifio.

www.cara.cymru